Curves Rock

Tome 2 – Somewhere in the middle of nowhere

Amy Nightbird

Curves Rock

Tome 2 :

SOMEWHERE IN THE MIDDLE OF NOWHERE

Amy Nightbird

www.soromance.com

Playlist

Creep – **Radiohead**

Let it Go – **James Bay**

Opposites – **Biffy Clyro**

Hanging Over – **Blur**

Don't Cry – **Guns N' Roses**

Home – **Foo Fighters**

How you remind me – **Nickelback**

Born To Be Wild – **Steppenwolf**

Back to Black – **Amy Winehouse**

Thunderstruck – **AC/DC**

Damaged Goods – **Gang of four**

Rock the Casbah – **The Clash**

45 – **The Gaslight Anthem**

Livin' on a Prayer – **Bon Jovi**

Bubbles – **Biffy Clyro**

There is Nothing Left to Lose – **Foo Fighters**

For Evigt – **Volbeat**

Instant history – **Biffy Clyro**

Chelsea Dagger – **The Fratellis**

You Can't Always Get What You want – **Rolling Stones**

Sounds Like Balloons – **Biffy Clyro**

Still Counting – **Volbeat**

Light my fire – **The Doors**

Rocket Queen - **Guns N' Roses**

In my Darkest Hour – **Megadeth**

Stairway to Heaven – **Led Zeppelin**

Voodoo – **Godsmack**

I Wanna Be your Dog – **The Stooges**

In the End – **Linkin Park**

Ghost - **Badflower**

Chapitre 1
« Creep », Radiohead

Jax

La fin de soirée n'est définitivement pas comme je l'avais imaginé. On se croirait à un concert de Radiohead sous Prozac. La scène serait presque risible si je n'étais pas à deux doigts d'appeler mon ultime refuge pour un trip qui effacerait toute émotion. Une seule dose de poudre, un seul cachet pour ne rien ressentir, et je serai à nouveau moi. Pourquoi je me suis lancé là-dedans déjà ? Comme le disait mon connard de parrain, remplacer une drogue par une autre, c'est foireux. Pas dans ces termes, mais bon, on ne va pas pinailler. Moi qui voulais la détruire… Si on m'avait dit qu'on serait là un jour, Dan, Pete, Koll et moi à boire un cocktail signature qui me donne envie de gerber tant il me rappelle une créature pulpeuse et démoniaque. Peut-être est-il est trop sucré ? Mon cerveau a dû cramer ! On est comme quatre cons à regarder notre verre comme s'il pouvait se transformer en machine à voyager dans le temps – ou dans le cas de Koll, comme s'il pouvait lui dire pourquoi il porte cet improbable perfecto turquoise. Le reste du monde est en train de fêter l'inauguration de notre Live Music Corner sur la musique rythmée du DJ. Notre joli petit groupe n'est pas tout à fait dans le même mood. Personne ne l'a ouvert, mais j'attends le début des hostilités avec autant d'impatience qu'un condamné à mort. Bien sûr, c'est cet enfoiré de Dan qui lance la première offensive :

— Je ne sais pas ce qui me retient de te faire un autre cocard, dit-il d'un air à la Hannibal Lecter.

— Peut-être parce que tu n'es plus en état mon vieux.

La provoc' constitue une proportion de mon ADN. J'ai toujours raison même quand j'ai tort. Effectivement, Dan s'est déjà bien défoulé devant le K avant qu'un taxi nous ramène ici. Tout ce que je peux vous dire, c'est qu'il a la forme. On se serait cru dans un fight club, l'odeur de la sueur et la riposte en moins. Eh ouais, je ne me suis même pas défendu. Ce n'est pas mon genre, mais les coups ne m'ont même pas causé le quart de la douleur que j'ai ressentie en voyant le visage bouleversé de ma furie. Ses pleurs ont bousillé quelque chose en moi. Je deviens sentimental maintenant. Il ne manquait plus que ça. Depuis que j'ai rencontré Stones, ça arrive un peu trop souvent et il va falloir que ça cesse.

C'est au tour de Pete :

— Qu'est-ce que tu as encore foutu, connard ? Pour une fois que tu avais l'air à peu près fréquentable. Les conséquences, tu n'en as rien à foutre, comme d'hab' !

Pour que mon frère jure, il faut vraiment qu'il soit furax. Il a développé, au fil des années, une sorte de sixième sens pour savoir quand je fais des conneries. Je vais en prendre pour mon grade. Il ne sait pas encore ce que j'ai fait, mais quelque chose me dit que ça ne va pas tarder.

Et on continue sur notre lancée avec Dan, encore une fois. *Youhou !*

— Elle était à moi. J'allais la rendre heureuse. J'étais même prêt à renoncer à tout pour Stones. Tu vas me faire le plaisir de sortir de sa vie et pas plus tard que maintenant sinon je vais faire en sorte que tu ne puisses plus baiser qui que ce soit.

Dans tes rêves, Dan ! C'est qu'il me ferait presque peur, Danounet, quand il me lance son regard noir.

Mon sang est en train de bouillir quand Koll a une illumination :

— C'est qui Stones ? demande-t-il l'air complètement perdu.

Putain, fait chier ! Je lui envoie une tape derrière la tête qui manque de le faire tomber de son tabouret. Il doit bien y avoir un moyen de m'empêcher de prendre une dose pour me remettre les idées en place. La partie raisonnable de mon cerveau, qui au passage s'est fait la malle, appellerait son parrain, mais mes tripes et un peu ma queue, je dois l'avouer, veulent voir ma Stones. *Ok, let's go.* Avec ce qui me reste d'énergie, j'essaie de traîner Dan avec moi car je sais que je vais encore tout foirer si j'y vais seul. Dan, c'est moi en gentleman, digne de confiance et sain d'esprit. Mais que les choses soient claires, je ne me sers pas de lui, pas du tout… Si j'étais quelqu'un de bien, je lui laisserais Stones car je sais parfaitement qu'il la traiterait bien mieux que je ne pourrais jamais le faire. Mais bon, c'est un mec bien, pas moi. Comme je surfe constamment sur les vagues du diable en compagnie de mes démons, je me fiche du mal que je peux faire aux gens.

Putain, D, on n'a pas la journée ! Il ne bouge pas d'un pouce et ma douleur à l'œil ne me permet pas d'y mettre plus de mordant :

— Qu'est-ce que tu fous ? C'est foutu. Elle ne voudra jamais nous voir à cause de toi qui ne penses qu'à ta petite gueule !

— Je viens avec vous, les gars, au cas où ça dégénère, ajoute saint Pete, subitement de retour.

— On y va ou on échange nos fringues ? Ok, je pense qu'à ma gueule et ma gueule veut Stones. Alors, on se bouge !

— Ok, l'enfoiré, mais si Stones ne veut plus rien avoir à faire avec toi, tu lâches l'affaire.

— D'accord, mais c'est Monsieur l'enfoiré pour toi.

Je soupire et pour gagner du temps :

— Ok, si tu y tiens, je lâcherai l'affaire !

C'est hors de question, mais ce n'est pas le moment de lui faire l'article. *Dan, tu as de la merde dans les yeux si tu penses que je vais abandonner la partie.*

Nous voilà partis tous les trois avec un pass au cas où ma furie aurait la surprenante idée de ne pas ouvrir la porte à ses deux enfoirés préférés et leur chaperon. Peut-être qu'on aurait dû se la jouer en Chippendales, ça aurait fait une bonne intro. *Mais quelle idée merdique !* Mon taux de dinguerie doit péter les scores.

En ouvrant la porte, la réalité est pire que ce que nous imaginions. Le dressing est vide, le lit est défait. J'ai presque envie de m'y vautrer pour m'abreuver encore et encore de son odeur de plage. *Ce n'est pas le moment, Jax.* Plus de sacs, plus de bagages, plus une seule trace de son passage, mais ce n'est pas ça qui me frappe le plus. Les notes de *Let it Go* qui emplissent la pièce me disent tout : ce qu'elle ressent, son mal-être et sa fuite. Il est clair qu'elle en a fini avec nous. Foutue chanson de merde, foutu chanteur à chapeau de merde qui sait faire ce que je n'ai jamais su faire : pondre une ballade digne de ce nom. Ce fond sonore nous met instantanément en état de choc. Elle n'est plus là et j'ai sans doute fini par atteindre l'objectif que je poursuivais quand je l'ai rencontrée : la détruire. Sauf que mon corps, la pierre qui me sert de cœur et ma bite ont changé d'avis. La victoire n'a jamais eu un goût si prononcé de défaite. Seules traces de son passage : le tee-shirt des Black Suits que je lui avais prêté, seul souvenir de notre moment de symbiose, une enveloppe adressée à Dan et à moi avec un extrait des paroles de la chanson de James Bay, signée Stones.

I used to recognize myself

It's funny how reflections change

When we're becoming something else

I think it's time to walk away

So come on, let it go

Just let it be

Why don't you be you

And I'll be me

Everything that's broke

Leave it to the breeze

Why don't you be you

And I'll be me...

Il faut admettre qu'elle a un certain sens de la mise en scène. J'ouvre avec rage l'enveloppe qui contient sa putain de lettre de démission. Motif invoqué : raison personnelle. Tu parles que c'est personnel ! Je donnerais n'importe quoi pour qu'elle se matérialise à nouveau là devant moi maintenant, qu'elle me fasse la gueule, qu'elle me toise ou même qu'elle m'ignore, n'importe quoi pourvu qu'on partage le même espace. Mais ça n'arrivera pas, j'ai le sentiment qu'elle est déjà loin. Je ne peux plus rien y faire, alors je commence à saccager tout ce qui est à ma portée. Je n'arrive pas à me calmer. J'en veux au monde entier. Je balance l'enceinte pour que cette satanée chanson se taise. Je veux ma dose pour anesthésier la douleur une fois pour toutes. Mon corps tremble. Mon cerveau est en surchauffe comme si tous mes neurones grillaient les uns après les autres. J'aimerais me téléporter dans une réalité alternative dans laquelle je n'aurais pas essayé de la faire entrer dans mon monde. Une réalité dans laquelle je n'aurais pas pensé qu'à ma gueule pour changer. Pour la première fois de ma vie, j'ai des remords et ça craint.

Chapitre 2
« Let it go », James Bay

Dan

J'essaie de maitriser Jax avec l'aide de Pete. Il se laisse tomber petit à petit au sol. Son visage est méconnaissable comme déformé par la fureur et le désespoir. Je n'ai même plus envie de lui casser la gueule, ce qui est vraiment surprenant. En revanche, j'ai bien envie de me cogner la tête contre le mur. Pourquoi je l'ai laissé faire? C'est la question à un milliard. Peter Parker, alias Spiderman, aurait pu arrêter le voleur et son oncle ne serait pas mort. Eh bien, j'aurais pu arrêter Jax et Stones serait toujours là. Preuve en est que chaque action ou inaction entraîne des conséquences. C'est plus fort que moi, dès que je suis dans une situation critique, mon naturel de geek refait surface. Putain de merde! Je savais bien que ça finirait mal. Jax a beau être l'un de mes meilleurs amis, il détruit tout ce qu'il touche juste pour se prouver qu'il le peut. Je pensais juste qu'elle me choisirait. Il fallait qu'elle me choisisse. J'ai besoin d'elle autant que d'air pour respirer. Je donnerais n'importe quoi pour qu'elle se blottisse à nouveau dans mes bras. Je voulais tout. Résultat : j'ai tout perdu. Le pire, c'est que je l'ai perdue avant même de l'avoir vraiment. Dès le premier regard, j'étais prêt à renoncer à ma nature libertine et dominatrice, à tout ce qui fait que je suis moi. Je savais bien que c'était louche cette histoire de rencart quand elle m'en a parlé plus tôt dans la soirée. Mais quand j'ai découvert qu'on allait au

K, j'ai laissé faire égoïstement, en me disant que si le club éveillait du désir en elle, on pourrait juste explorer à son rythme sans faire le moindre sacrifice. Je me disais que Jax finirait par se lasser comme d'habitude et que j'aurais enfin ce que je voulais : elle. Avant que je ne m'en rende compte, des larmes coulent le long de mon visage. Je n'ai pas pleuré depuis des années, depuis cette garce. Je m'étais juré que je ne verserais plus de larmes et surtout que je ne me risquerais plus jamais à éprouver des sentiments de ce genre. Je savais parfaitement que j'étais foutu dès que les immenses pupilles de Stones se sont posées sur moi. Je ne sais pas comment je vais fonctionner sans elle. C'est vraiment le comble pour un dom. Je suis sous son emprise alors que je la connais à peine. Stones mi-ange mi-démon semble être arrivée sur terre pour me défier, dévaster mon monde et bouleverser mes certitudes. C'est comme si j'étais incomplet jusqu'à ce que l'aperçoive. J'achève l'enceinte à coups de pied. Cette satanée musique se tait enfin. Je me laisse tomber contre le mur à côté de Jax. J'ouvre le minibar et lui tends une mignonnette de whisky. Nous la buvons cul sec en disant :

— On a merdé.

Je déteste le goût du whisky, mais ce soir ça m'est égal. C'est clair qu'il a merdé, mais moi aussi. Je connais Jax presque mieux que je me connais moi-même et je ne l'ai même pas mise en garde. Comment une femme que je connais que depuis à peine une semaine peut-elle me faire autant de mal avec une seule chanson ? Je regarde Jax, qui est presque livide. Le moment est loin d'être idéal pour lui dire ses quatre vérités. C'est clair qu'il y aurait de quoi le rhabiller pour l'hiver, mais j'ai des principes. Je ne frappe jamais quelqu'un qui est déjà à terre. J'en suis là dans mes pensées quand Pete nous interrompt :

— On ne va pas la laisser partir juste parce que vous avez déconné. Je vais appeler Jake et essayer de la retrouver. Vous deux, vous restez là à vous bourrer la gueule. Au moins vous ne ferez pas de conneries pour une fois.

Il fait chier le père la morale. De toute façon tout fait chier ce soir, soirée de merde ! Kyle débarque dans la pièce par la porte restée ouverte en se demandant s'il est à une réunion de dépressifs anonymes. C'est clair que le tableau craint autant qu'une chanson d'un de ces chanteurs morts qu'écoute mon tyran de paternel !

— Ça va, les gars ? Je vois qu'on s'éclate ici. Tiens, Pete, un coursier a déposé ça pour toi tout à l'heure. C'est Dalia qui me l'a filé et je te rappelle que je ne suis pas ton boy.

Pete ouvre l'enveloppe, s'empare d'une autre mignonnette du minibar et se la fait. Il me tend la carte où il est inscrit « Sorry » avec un portrait criant de réalisme de lui by Jake. Il se laisse tomber à nos côtés, joueur différent, mais la partie reste inchangée. Reste à nous bourrer la gueule. Même moi qui suis toujours d'un optimisme à toute épreuve, je ne vois aucune échappatoire à ce désastre. Kyle nous regarde avec incompréhension, mais en bon ami, il ne fait aucun commentaire. Il nous annonce juste qu'il va chercher des minutions et trouver Koll s'il n'est pas déjà en train de pioncer je ne sais où. J'essaie de rire, mais le cœur n'y est pas. Je regarde mes deux acolytes et me dis que finalement ils ont bien fait de se barrer. On n'est pas des cadeaux, définitivement pas. On a plus de bagages qu'un Boeing 747 et personne n'a besoin de se trimballer tout ça. Stones ne mérite pas ça. Elle est solaire avec juste ce qu'il faut d'ombre pour être unique. Elle ignore complètement sa beauté, ce qui la rend encore plus irrésistible. Il est vrai que je suis un amateur de formes voluptueuses auxquelles on peut s'accrocher, mais c'est inédit pour moi d'être subjugué à ce point-là. Sans le moindre effort, elle m'a envoûté et je sais bien que je suis déjà sien, qu'elle veuille de moi ou non. C'est aussi la première fois que Jax montre un quelconque intérêt pour une femme pulpeuse. Mais quelle femme ! Une vraie déesse à la Botticelli !

Kyle apparaît avec Koll et trois bouteilles de notre poison préféré. Il dépose un plateau à même le sol et nous sert des shots de gin avec des zestes de citron. Notre Koll national prend un air tragique et annonce :

— Vous savez quoi, les gars ? Sun s'est fait la malle.

Kyle lui met un verre dans la main et lui dit de boire pour arrêter pour tuer sa tirade grotesque dans l'œuf. Je n'ai jamais vu un type aussi à l'ouest. Comme j'aimerais être à sa place, là maintenant...

— Quelqu'un pourrait me dire ce que vous avez encore fait comme conneries ? demande Kyle en comprenant soudain que l'heure est grave.

Un soupir et une gorgée de gin seront notre seule réponse. La nuit sera longue et demain je suis supposé prendre mon poste sans elle, enfin si j'arrive à mettre un pied devant l'autre. Action qui me paraît de plus en plus difficile à imaginer au vu la soirée qui s'annonce. Quand je pense que je ne connais même pas le goût de son trésor ni la sensation d'être en elle. Stop ! Ce n'est pas le moment. Après tout, c'est peut-être mieux comme ça. Dans le cas contraire, je me sentirais encore plus désespéré, si tant est que ce soit possible.

Chapitre 3
« Opposites », Biffy Clyro

Stones

Me voici en première classe parce que, selon Jake, il n'y aurait pas d'autre manière de voyager. Siège spacieux, menu qui n'a rien à voir avec la classe éco, coupe de champagne, on est comme isolés du commun des mortels. Heureusement qu'il a payé avec sa carte, la mienne aurait eu une crise de foie, d'autant que je viens de démissionner. Je me sens un peu coupable d'avoir orchestré cette petite mise en scène au *Wonderwall*, et surtout d'avoir demandé à Jake de tout mettre en place avant de me rejoindre à l'aéroport. D'ailleurs, il a suivi mon plan avec une rigueur chirurgicale sans croiser personne. Il fallait que je m'assure que le message soit clair et j'étais tellement bouleversée que je n'aurais pas réussi à faire mes bagages sans fondre en larmes. On est comme les Marines, on n'abandonne jamais un homme ou une femme dans le cas présent. Enfin, on serait plutôt du genre Marines débutants à qui on évite de confier une arme. Si l'un de nous a besoin de quelque chose, l'autre répond présent sans exiger la moindre explication. Pendant ce temps-là, à l'aéroport, c'était la fête des calories. J'ai renoué avec les muffins au chocolat du Starbucks et avec mon bien-aimé Frappuccino caramel supplément crème fouettée. C'était mélodramatique et très émouvant.

J'ai triste allure depuis que j'ai quitté ce club de merde. Je ressemble à une version plus size d'Harley Quinn, avec mes cheveux en bataille et mes yeux irrités à force de pleurer. J'espère que je ne vais pas devenir une psychopathe comme elle à cause du sale coup joué par le Joker. Sinon tous les hommes de la planète sont dans la merde. Je ne sais même pas comment ni quand je vais surmonter tout ça. Pourquoi faut-il tout le temps que les chemins me mènent à ce monde que j'ai toujours fui ?

D'abord mes parents, ensuite Jake qui est totalement pardonné en tant que meilleur ami et le bouquet final : Jax et Dan. Jax, ça ne me surprend pas mais Dan... Je pensais naïvement pouvoir construire quelque chose avec le beau blond. Je me sentais tellement désirable avec lui. Il faisait battre mon cœur plus vite et m'apprenait à m'aimer. Il n'était pas comme Lucifer, mais il rendait la vie douce et délicieuse. Dan me donnait l'impression qu'il me laissait aller mon rythme, être moi-même et qu'il serait mon roc. Tout ce dont j'ai toujours rêvé. Lucifer, c'était plus comme un tsunami qui vous tombe dessus sans que vous ne puissiez rien faire pour l'arrêter. C'est intense, mais ça fait mal au cœur. Ils ont essayé de me faire entrer de force dans ce monde de perversion. J'étais sous le choc, comme prise au piège. De toute façon, tout ça n'aurait jamais fonctionné et mieux vaut arrêter avant que quelqu'un n'ait le cœur brisé. *C'est ça, la fille qui n'arrête pas de chialer !* ricane ma conscience.

Jake me regarde comme si j'étais un bébé qui menacerait de faire une crise parce qu'il n'a pas son biberon. *Note à moi-même : acheter un babyphone pour le rassurer.* Quand je repense à tout ce qui s'est passé, la seule solution qui s'offrait à moi était de partir loin pour recommencer une nouvelle vie – ou en reprendre une ancienne, au choix. Explorer ce monde obscur qui a changé ma vision de l'amour était au-dessus de mes forces. Est-ce trop demander de tomber amoureuse d'un seul homme et d'être heureuse simplement ?

Apparemment, oui, j'ai trop trippé sur Cendrillon quand j'étais petite. Jake se retourne vers moi et m'embrasse d'une façon qui attire l'attention de l'hôtesse qui passe avec son chariot de cosmétiques à vendre. Ce baiser est doux et me fait beaucoup de bien, je n'ai pas le cœur de l'arrêter. Sa langue me caresse dans un mouvement sensuel. Elle danse avec la mienne avec tant de tendresse et de chaleur que je ne sais plus où je suis. *Et après, tu dis que tu n'es pas perverse*, persifle ma conscience. *Pas aujourd'hui, ma vieille...* Puis il s'éloigne, il fronce les sourcils et sonde mon regard ; ça s'annonce mal.

— Ma chérie, tu ne veux toujours pas me dire ce qui s'est passé avec l'autre enfoiré ? demande-t-il, visiblement peiné. J'aurais dû frapper plus fort la dernière fois.

— Laisse-moi juste digérer, c'est trop tôt, avoué-je en baissant la tête

— Comme tu voudras, mais n'oublie pas que tu peux tout me dire.

Mon J, je sais que je peux tout te dire, mais comment t'expliquer ce que j'ai ressenti dans ce club libertin alors que tu as tes habitudes dans ce genre d'univers à mille lieues du mien ? Comment exprimer ce que j'éprouve alors que je ne suis pas certaine de le savoir moi-même ?

— Est-ce que tu penses que c'est raisonnable de continuer à s'embrasser de cette façon ?

— Si cela nous fait du bien, alors où est le mal ? Je t'ai toujours désirée, c'est comme si chaque chose était à sa place, que demander de plus ?

Si on oublie le fait qu'on n'a pas encore parlé de ce changement dans notre relation qui n'était déjà pas très nette, tout va bien… Mieux vaut changer de sujet.

— Tu m'en veux de t'avoir éloigné de Pete ?

— Ça n'aurait jamais marché de toute façon, il voulait quelque chose de conventionnel et je suis moi. Renier sa nature ne peut que nous faire souffrir.

— Tu as peut-être raison, confirmé-je en pensant à ma propre situation foireuse.

— J'ai toujours raison.

— Et tu es d'une modestie incomparable.

Il me sourit et je m'endors paisiblement contre son épaule. Je vais bientôt retrouver cette terre apaisante où j'ai vécu pendant un moment. Le rencontre entre ladite terre et Jake risque de valoir le détour. Il a compris dans quel pays on allait, mais pas dans quelle région, grâce au ciel ! Il va me tuer. Je suis réveillée par le commandant de bord qui nous annonce l'atterrissage. Jake est en extase devant le Bosphore qu'on aperçoit par le hublot. Il doit déjà imaginer des cocktails et de la bronzette sur un yacht. Je n'ai pas eu le cœur ou le courage de lui annoncer qu'on prenait un autre vol vers une région plus reculée/paumée de Turquie et en classe éco en plus ! Pauvre de moi. Ni courageuse ni téméraire ! J'ai choisi cette destination pour me donner le temps de réfléchir et me remettre de mes émotions. Je suis une égoïste d'avoir entraîné Jake là-dedans, mais je n'aurais jamais pu le faire sans sa force. Je vais me ressourcer et oublier ce cauchemar au plus vite. *C'est ça. Si tu te le répètes, tu finiras par y croire*, se gausse ma petite enfoirée de conscience. Une Drama Queen en la personne de Jake me regarde avec méfiance. Je crois qu'il vient de comprendre le coup du vol intérieur ou de perdre sa tétine au choix. Courage fuyons !

— Euh… Stones, pourquoi une mini hôtesse…

Il n'a pas tort, elle doit faire 1 min 50 s les bras levés.

— … nous amène à la zone des vols intérieurs ? demande-t-il, blanc comme un linge.

— Parce qu'on va en Cappadoce, bafouillé-je.

— Quoi ? Tu parles de cet endroit où tu as taquiné le rocher avec des fanatiques en chaussures de marche qui puent, cet endroit où tu t'es enterrée pour faire une retraite de timbrée loin de moi ?

Quand je disais qu'il allait faire sa Drama Queen.

— D'abord, je n'ai pas fait de retraite, je bossais là-bas. Et puis je t'ai proposé de venir plusieurs fois. Tu as fait le bébé en me disant que je n'aurais pas dû partir loin de toi et que tu ne survivrais jamais sur ce territoire hostile. Tu verras, c'est magnifique, tu seras émerveillé par les paysages lunaires…

— Tu travailles pour l'office du tourisme maintenant ? Je suis foutu. J'espère qu'il y aura un jacuzzi au moins… Pourquoi me suis-je laissé embarquer dans ce truc pas net ? J'ai besoin d'un bisou pour me réconforter, je vais risquer ma vie.

Risquer sa vie ? On ne va pas sur le champ de bataille non plus…

— Ça ne se fait pas trop de s'embrasser comme ça en public ici et je te rappelle que tu m'as suivie parce que tu es mon meilleur ami. Viens. Tu auras tous les bisous que tu veux. Allez, *let's go*, pépé Jake.

— Au moins, tu n'as pas perdu ton sens de l'humour. Je préfère te voir comme ça. Tu sais que je râle tout le temps, mais j'irai où tu iras, mon pays sera toi.

Et là, il se met à chantonner du Céline Dion, la honte, à l'aide ! J'imagine une reprise de cette chanson par I Prevail. Ça serait vraiment plusieurs crans au-dessus de l'original. Je donne le change pour ne pas l'inquiéter, mais en réalité, tout ce dont j'ai envie, c'est de manger des cochonneries devant une série débile et de ne plus sortir de mon lit pendant plusieurs mois. Au lieu de ça, je m'enfuis dans une contrée lointaine. Peut-être que je fais fausse route. Je devrais peut-être me rediriger vers une carrière de bonne sœur. Comme ça, plus de problèmes. Si on n'oublie mon aversion pour la messe et ma gourmandise, ça pourrait le faire.

Encore que le costume me grossirait. Déjà que les cochonneries ingurgitées à l'aéroport vont me faire prendre 1000 kilos. En même temps, je n'en ai plus rien à faire. Je vais fuir tout ce qui porte un boxer, un caleçon ou un slip, sauf Jake. Comme quoi, je ne fais pas de discrimination, enfin presque pas.

D'un pas rapide, je le prends par le bras avant qu'il se rende compte qu'on est en classe éco. Il risque la crise de panique, le petit ! Autant vous dire qu'il va faire sensation avec son look en Cappadoce. Je suis certaine que son jean huilé, son gilet et son blazer aux revers cloutés vont surprendre les autochtones. À ses côtés, je fais vraiment pâle figure, serrée dans mon jean slim, avec un tee-shirt AC/DC qui a connu de meilleurs jours et des Converses élimées. Attention, cinq secondes avant impact. Jake va découvrir la classe éco : cinq, quatre, trois, deux, un. Sa grimace est à mi-chemin entre la constipation et la peur.

Il va être interminable, ce vol vers Kayseri !

Chapitre 4
« Hanging Over », Blur

Jax

J'entends une sonnerie stridente au loin. Enfin, je n'ai pas les yeux en face des trous. Loin pourrait être plus proche que je le pense. C'est pire qu'un concert de heavy métal dans ma tête. Putain de merde, j'ai mal. Dans l'espoir de continuer ma nuit, j'extirpe le téléphone de la poche de mon jean tant bien que mal pour congédier le con qui a décidé de m'emmerder ce matin.

— Ouais, grogné-je.

— Mais putain, vous êtes où ? Le téléphone n'arrête pas de sonner à la réception. Plein de *guests* attendaient devant le *concierge desk*. Il n'y avait personne. J'ai été obligée de rappeler Elia pour m'aider et, crois-moi, elle est de mauvais poil. Elle va tous les faire fuir. Qu'est-ce que t'as encore foutu ? Je te rappelle que c'est ton hôtel !

On se croirait chez les Amazones, tout ce qui porte un vagin m'en veut personnellement.

— Parle moins fort, j'ai un putain de mal de crâne, dis-je en me frottant les tempes.

— Je m'en tape de ton mal de crâne. Trouve-moi les abrutis qui te servent de potes et ramenez-vous !

Cette petite conne me raccroche au nez en plus. Je me frotte encore les tempes dans l'espoir de me soulager. C'est peine perdue. Je me redresse et je remarque trois bouteilles de gin pratiquement vides qui expliquent mon état et la scène apocalyptique que j'ai devant moi. Un Dan torse nu totalement débraillé est affalé sur le canapé. Koll dort la bouche ouverte avec un paquet de chips en guise de doudou et Pete a la tête sur le torse de Kyle. Putain, je devrais prendre des photos. J'aurais de quoi les faire chanter pour des décennies. Nous sommes dans la chambre de Stones qui a l'air d'avoir été saccagée par Keith Richards. Si tout s'était passé comme je le voulais, ma queue serait dans sa chatte et il y aurait moins de monde, c'est clair. Dans un tout autre style, je me réveille dans une scène de Magic Mike. Comme je tiens à mes couilles et que les menaces de Dalia sont à prendre au sérieux, il va falloir réveiller tout ce petit monde :

— Debout les gars, on se bouge ! annoncé-je.

Des grognements me répondent. Dan ouvre les yeux avec une tête aussi pourrie que doit l'être la mienne. Kyle a l'air furax que Pete ait dormi sur lui et le repousse sans ménagement. Koll prend peur et chute magistralement la tête la première dans une explosion de chips. Une putain d'équipe de vainqueurs, je vous le dis.

Venons-en au fait, on n'a pas toute la journée :

— Il faut qu'on descende, je viens de me prendre un savon par Dalia. Si vous tenez à vos couilles autant que moi, grouillez-vous.

Clair et concis, je suis fier de moi. De l'aspirine, par pitié !

Koll semble avoir une illumination qui lui dit qu'il ne bosse pas là et enfile son perfecto bizarre. Il se dirige vers la porte quand Kyle le retient en lui donnant son pantalon. Il allait se balader dans l'hôtel avec pour seul vêtement cette veste qui fait mal aux yeux, comme si on n'avait pas assez de trucs à gérer. J'ai toujours été un mec à problèmes, pas que je les cherche, mais, généralement, ils me trouvent sans GPS. Kyle se barre après un signe de la main, non sans m'adresser un regard de tueur, signe que nous parlerons de ce qui s'est passé que je le veuille ou non. Dan, Pete et moi tentons tant bien que mal de retrouver forme humaine et nous dirigeons vers notre peloton d'exécution, alias la réception.

Dan prend place derrière le comptoir. Avec son air de dépressif, il va faire fuir toute la clientèle. On se croirait à un set de Syd Barett dans ses mauvais jours. Les chanteurs de rock dépressifs, ce n'est pas vraiment le thème de l'hôtel. En tout cas, ce n'était pas l'idée à la base. Je n'essaie pas du tout d'occulter que j'ai la même tête que lui. Me voiler la face n'est pas mon genre, pas du tout.

Ma furie me manque. Je ne sais pas pourquoi, mais elle me faisait sourire même quand elle était furax. Surtout quand elle était furax. J'aurais dû en rester à mon plan initial Séduire, Baiser, Oublier, Détruire. En fait, le plan a été mis à exécution, mais d'une façon complètement bancale. Je l'ai séduite. Je l'ai baisée. J'ai détruit ce qu'il y avait entre nous et maintenant je vais devoir l'oublier. Mais ça s'avère plus hard que je le pensais au départ. Le message de la chambre était assez clair. Elle a décidé qu'elle en avait fini avec moi. Il faut donc que j'agisse à la Jax. Ce soir, je me trouverai un corps pour décharger mes frustrations et demain je redeviendrai l'enfoiré que j'ai toujours été. *C'est ça, connard ! Et te voiler la face n'est pas ton genre, tu disais ?*

Pete le dépressif en chef est en approche avec deux cafés, j'aimerais l'esquiver, mais mon envie de café m'en empêche :

— Suis-moi, on doit régler certaines choses.

C'est aussi tentant qu'une séance de torture médiévale, mais bon, autant en finir.

— Ok, puisqu'il le faut, marmonné-je.

On s'installe dans le *lounge* sur un des chesterfields avec nos cafés. J'étudie les possibilités de repli et diverses sorties de secours ; instinct de survie, toujours.

— Alors, qu'est-ce qu'on fait ?

— Précise. C'est qui « on » ? Et qu'est-ce qu'on fait pour quoi ?

La meilleure des défenses est l'ignorance. Ce genre de tentative de diversion n'a jamais marché avec mon cher frère, mais il y a un début à tout. Il faut tenter le coup.

— Tu te fous de ma gueule. On n'a plus de *designer* pour les événements, plus de concierge pour les VIP et je ne préfère même pas parler du reste. Tu te souviens de notre hôtel, le bâtiment avec *Wonderwall* écrit dessus ?

Il s'énerve en tapant sur la table.

— C'est bon, je ne suis pas complètement con. Ce ne sont pas les *designers* qui manquent. Je peux t'en trouver des dizaines, enfin sauf pour assouvir tes fantasmes. Quoique ça aussi ça peut s'arranger…

Je prends une claque magistrale derrière la tête qui me fait instantanément taire. Putain, j'avais déjà mal au crâne, pas la peine d'en rajouter.

— Déjà, il aurait été important de garder une cohérence graphique et artistique tout au long des événements et tu le sais parfaitement. Pour le *concierge desk*, ça va être très dur de trouver une personne comme Stones qui puisse être sur les deux postes avec le même profil. Et ne fais pas comme si son départ t'était égal. De toute façon, tu fais comme tu veux, mais moi, je vais essayer de retrouver Jake. Je sais reconnaître quand j'ai merdé, moi.

Il ne sait pas encore de quoi il retourne, mais il pense déjà que je suis le fautif. Rien que la mention du prénom de ma furie m'est insupportable. C'est comme si on me filait des coups dans le bide. Même si mon égo ne veut pas reconnaître que j'ai merdé, je sais qu'il est possible, je dis bien possible, que je ne sois pas étranger à toute cette merde, mais je ne vais certainement pas lui donner des munitions pour me pourrir.

— Fais ce que tu veux. Moi, je ne fais pas dans les causes perdues. Si tu veux t'abaisser à ça, grand bien te fasse…

Il prend son café et se barre en levant les yeux au ciel. Pete est encore en train de perdre ses couilles. Et peut-être que moi aussi, finalement.

La fin du monde est annoncée. Je vois Elia et Dalia se diriger vers moi. La sauvegarde de mes bijoux de famille me pousse à partir en courant vers l'issue de secours la plus proche. En plus, respirer de l'air frais ne me fera pas de mal. Je devrais peut-être envoyer un message à mon cher parrain, alias Jiminy, parce que j'ai encore failli merder grave hier. Il s'en est fallu de peu avant que ce ne soit la ruée vers l'or blanc, enfin je me comprends. *Ok, c'est bon, j'ai merdé grave*, dis-je à ma conscience. Mode Jiminy activé. Je fais un bref compte-rendu de la situation par message car monsieur n'aime pas que je l'appelle parce que ma voix le fait chier. Par bref compte-rendu, entendez « j'ai failli replonger hier ». Ça y est, rendez-vous pris dans un resto russe. URSS, guerre froide, goulag et tout le toutim, il doit se dire que je me suis encore mis dans le pétrin. Avec ce type, c'est comme un tour du monde itinérant. Tu te prends tes quatre vérités en pleine face, mais dans des endroits qui te font voyager, histoire de te faire oublier qu'il est aimable comme un gardien de prison. J'appréhende le rendez-vous de tout à l'heure et pourtant ce n'est pas mon genre d'avoir la trouille.

Sauf quand il s'agit de ce cher Jiminy.

Chapitre 5
« Don't Cry », Guns N' Roses

Dan

Le mal de crâne avec lequel j'ai débuté aurait pu être le premier indice d'une mauvaise journée. Mais en fait, le visage baigné de larmes de Stones a hanté mes cauchemars la nuit dernière et je n'arrive pas à dépasser ça. Si je m'écoutais, je serais déjà parti à sa recherche en utilisant mon nom de famille et les moyens qu'il implique. Pour une fois qu'il servirait à quelque chose, celui-là. Cependant, son message était assez clair. Je me suis engagé à être ici, et sans elle c'est un vrai calvaire. Pete dépose un gobelet géant de café avec un antidouleur, je le remercie brièvement. J'ai du pain sur la planche. Une file de clients longue comme le bras attend pour des réservations de restaurants, des idées d'excursions pour visiter la ville en se demandant si le type qui est censé les renseigner prépare un rôle pour *Walking Dead*. J'essaie de faire bonne figure, mais le cœur n'y est pas. Petit à petit, j'arrive quand même à venir à bout de cette journée de merde en offrant un sourire commercial qui mériterait un oscar. En réalité, je ne ressens plus rien. Il faut voir le bon côté des choses : je n'ai plus mal à la tête. Je me prépare à quitter le travail pour retrouver mademoiselle Bombay, ma sublime bouteille bleue dans une suite. Heureusement, l'hôtel n'était pas complet parce que je ne me voyais pas rentrer dans mon loft vide. J'ai besoin d'être dans un endroit qui me rappelle Stones. Je suis arrêté dans mon élan par

Pete et son air de dépressif sous calmant aussi hospitalier que le mien :

— Un verre au bar, dit-il et ça n'a pas l'air d'une question.

— OK.

Je ne suis pas vraiment d'humeur pour une conversation, mais soit.

— Tiens, ici on sera au calme. On doit parler, explique-t-il en désignant une table à l'écart dans le bar.

— Ça me va, qu'est-ce que tu veux ? répliqué-je en buvant cul sec un shot qu'on vient de me servir.

Quand le barman connaît tes habitudes, ce n'est jamais bon signe.

— D'après la rumeur, tu es un petit génie du web…

La flatterie ne te mènera nulle part avec moi, mon vieux. Heureusement que j'ai un verre et que je n'ai pas le courage de bouger de mon siège.

— Pas d'après mon père. Enfin bref, que puis-je faire pour toi ?

— Tu veux la retrouver ?

Ok, droit au but, j'apprécie qu'il ne me fasse pas perdre mon temps en palabres inutiles parce que j'ai vraiment besoin d'être seul et il m'ennuie avec ses questions.

— Bien sûr que j'aimerais qu'elle revienne. Merde, mais ce n'est pas la question, est-ce que je pourrais lui offrir la vie qu'elle mérite, celle qu'elle désire ? Tu n'as pas vu à quel point elle était sous le choc quand elle s'est enfuie. Tu veux savoir pourquoi elle est partie ? C'est simple, ton idiot de frère a eu la formidable idée de l'emmener dans un club libertin sans lui dire genre « surprise surprise ». Je te passe les détails, mais je me suis retrouvé malgré moi au cœur de cette catastrophe. Stones est peut-être mieux sans moi et surtout sans lui, si tu veux mon avis.

— Tu m'étonnes qu'elle se soit barrée. Tout le monde n'est pas libertin. Putain d'enfoirés ! Tous les deux, vous n'êtes que des putains d'enfoirés. Vous vous faites la guerre pour l'avoir, mais quand c'est pour fournir des efforts, essayer de comprendre l'autre et assumer ses sentiments, il n'y a plus personne…

C'est qu'il mordrait, le frangin. Je ne crois pas qu'il ait assuré davantage avec Jake car Pete le conquérant a aussi eu droit à sa petite bafouille. Ce n'est vraiment pas la journée pour lancer des accusations pareilles. Et puis, c'est le chef d'orchestre de ce désastre qu'il faudrait condamner. Je ne suis qu'un dommage collatéral. *Si ça te fait plaisir de le penser, grand bien te fasse*, me dit cette pétasse de conscience.

— Je ne vois pas en quoi c'est un scoop. Je l'ai dans la peau et l'autre couillon aussi. Le problème, c'est qu'on l'a trop poussée. Il s'est passé trop de choses. Elle ne veut plus rien avoir à faire avec nous. Le message qu'elle a laissé hier dans sa chambre n'était pas assez clair pour toi ? J'étais prêt à tout pour elle, même à renoncer à ce que je suis. Mais là, si je la retrouve et qu'elle ne veut pas de moi, je… Enfin, je ne sais même pas ce que je ferais. Je ne suis pas un camé comme l'autre con. Aucune échappatoire.

— L'autre con, comme tu dis, c'est mon frère et ex-camé. Vous êtes aussi con l'un que l'autre. Elle a eu raison de vous envoyer chier si vous ne faites même pas l'effort d'essayer de la retrouver alors qu'elle est au plus mal. Comme tu bosses pour moi, tu n'as pas le choix. Tu vas retrouver Jake et quelque chose me dit que Stones est avec lui, ordonne-t-il en haussant le ton.

— Et si je refuse ? Tu sais parfaitement que je bosse ici pour des raisons qui n'ont rien à voir avec l'argent. Je viens de te dire qu'elle ne voulait plus de moi, tu fais chier. Je voulais juste une dernière soirée pour me soûler la gueule et oublier. C'est trop demander?

J'ai un peu trop élevé la voix.

— Oui, c'est trop demander. Heureusement que tu n'as pas repris la boîte de ton père. Elle serait déjà sur la voie de la banqueroute si tu fais preuve d'autant de persévérance pour le travail que pour obtenir celle que tu veux.

Et là, je ne sais pas ce qu'il me prend, mais je lui envoie mon poing en pleine face. Je ne suis pas violent habituellement, mais aujourd'hui il ne faut pas me chercher. Je le regrette instantanément quand je vois son visage apeuré et surtout l'indignation des quelques personnes présentes dans le bar. Heureusement qu'il n'y a pas foule aujourd'hui. Je n'aurais pas dû faire ça. Ce type n'est pas un guerrier, on le sait tous. Heureusement pour moi, il n'a pas l'air trop amoché.

— Désolé, mec.

— Pas grave, répond-il en se frottant la joue. J'ai aussi merdé avec Jake. Tu as parfaitement raison. Il me manque, mais je n'avais pas le droit de dire ça pour autant. Je sais que ton père est un sujet sensible.

Pete n'a peut-être pas tort. Il n'y a pas de place pour les regrets dans ma vie. Je fais peut-être fausse route. Peut-être qu'il faut que je la retrouve, que je la supplie de me donner une chance. Je me mettrai à genoux s'il le faut. Je dois au moins lui expliquer que je suis prêt à renoncer à ma nature libertine et à peu près n'importe quoi d'autre pour elle. Sauf si elle veut me castrer, j'ai quand même mes limites. Sur ces bonnes résolutions, il est temps de conclure une nouvelle alliance.

— Écoute, tu as peut-être eu raison de me secouer. Même si elle ne veut plus de moi, je vais tenter le tout pour le tout.

Il faut qu'on les retrouve et on va s'y mettre et pas plus tard que maintenant. Après tout, comme tu l'as dit, je suis un petit génie du web, sauf qu'il n'y a rien de petit chez moi, annoncé-je en faisant un clin d'œil qui a pour effet de le faire rougir.

Il n'y a pas à dire, j'ai toujours adoré le taquiner. C'est trop facile depuis que je sais que je suis son crush d'adolescence – confidences de beuverie de son cher frangin. Mais avant, il va falloir que je mange.

— Envoie des burgers dans ton bureau, j'ai besoin de carburant.

— Je pense que c'est le moins que je puisse faire, je vais d'abord aller chercher de la glace. Tu aurais pu frapper moins fort, se plaint-il.

— Oh, ça va. Quelle petite nature !

Cet intermède aura au moins eu le mérite de me réveiller. Je vais maintenant concentrer mon énergie sur le fait de les retrouver, de la retrouver. Son pote n'est pas mon problème même si je sais que je vais devoir composer avec ce type. Il faut juste que je la retrouve au plus vite pour la prendre dans mes bras et plus si affinités si elle est dans de bonnes dispositions.

Je monte et m'installe au bureau de monsieur le boss. Je prends mon burger en me délectant de sa saveur. J'essaie de me rappeler depuis quand je n'ai rien avalé, sans y parvenir. Pete me regarde comme si j'étais en train de commettre un crime en le mangeant sur son bureau. Ce burger n'en est que plus délicieux.

— Je vais commencer par craquer le mot de passe de ses comptes email, réseaux sociaux, Skype et tout le bordel, déclaré-je en mode petit génie de l'informatique.

— Tu as le droit de faire ça ? s'indigne notre mère Theresa de service.

— Bien sûr que non, mais ne t'inquiète pas, je me cache derrière une adresse IP cryptée. Je ne suis pas un bleu, et puis tu veux les retrouver, oui ou non ?

— C'est bon, c'est bon, continue.

Rien sur son mail, à part des trucs de boulot. Facebook, rien, Insta rien et Skype non plus. C'est plus compliqué que je le croyais.

— Il n'y a aucun indice nulle part, à croire qu'elle voulait vraiment disparaître aux yeux du monde, merde. Je vais essayer notre ami Jake, peut-être qu'il sera plus bavard. Et bingo ! une photo dans un aéroport dans ses drafts Insta d'hier, dis-je satisfait de ma performance.

— Tu crois qu'ils sont déjà partis ? Si c'était hier, ils sont peut-être déjà à l'autre bout du monde !

— Probable, mais ils finiront bien par laisser filtrer quelque chose. Je ne vais pas les lâcher et continuer à les tracer, énoncé-je d'un ton décidé.

— Mais c'est illégal !

Mon regard noir le dissuade de poursuivre. Je ne trouverai rien d'autre ce soir. Je prends donc congé du père la morale. Je vais donc revenir à mon plan initial : bouteille de gin et m'écrouler dans mon lit, malheureusement seul. Il est possible qu'un peu de weed aide. Bien sûr, baiser une fille quelconque pourrait effacer la douleur pour un moment, mais je n'en ai aucune envie. Je veux Stones, rien que Stones. Je ne peux que rêver de la sensation de son corps tout en courbes contre le mien, de la douce musique de ses gémissements de plaisir, de son goût. Quand je me souviens de ce que j'ai ressenti rien qu'en explorant sa bouche délicieuse… Le fait de savoir que Jax connaisse des recoins de ce corps que je n'ai pas encore apprivoisés ne m'aide pas, mais alors pas du tout.

Chapitre 6
« Home », Foo Fighters

Stones

Je ne me suis pas trompée en disant que le vol serait interminable. Il ne dure pourtant qu'une heure vingt, ce qui peut être long quand votre atmosphère est polluée par les questions de pépé Jake sur son petit confort : y-a-t-il une piscine, un spa, est-ce qu'il y a une plage privée ? Je pensais pourtant avoir mentionné à plusieurs reprises que la Cappadoce était une région montagneuse, info qui est manifestement passée à la trappe. Je vais faire mon encyclopédie deux minutes afin de clarifier tout ça. Merci au guide touristique que j'ai acheté pour le faire patienter comme on achèterait un jouet à la caisse quand un enfant fait sa crise.

— La Cappadoce est une région de Turquie située en Anatolie centrale. Elle est célèbre pour ses paysages d'origine volcanique, constitués de nombreuses vallées truffées de cheminées de fée, ainsi que pour ses maisons, villes et églises troglodytiques.

— C'est officiel, tu travailles vraiment pour l'office du tourisme. J'espère quand même que l'hôtel que tu as réservé n'est pas une vieille auberge en ruines, sinon je fais ma crise.

— Oui, l'hôtel est luxueux, confortable et dépaysant. Tu vas adorer, tenté-je dans un vague espoir de le calmer.

— J'espère qu'il n'y aura pas d'autres surprises au programme. C'est trop d'émotions pour mon petit cœur. Il y a un centre commercial au moins ? Par pitié, dis-moi qu'on pourra faire du shopping.

— Tu verras bien, tout ce que je peux te dire, c'est que c'est un autre univers, jeune padawan, annoncé-je en mode Jedi.

— Ça, je veux bien te croire. Fais-moi un câlin pour me rassurer ma jolie Jedi, j'ai peur. Drama Queen un jour, Drama Queen toujours !

À l'atterrissage, une fois n'est pas coutume ici, les bagages mettent des plombes à arriver, ce qui ne manque pas d'inquiéter Jake. Après tout, selon ses dires, ses merveilles/ fringues et accessoires seront bons pour la réanimation dans le meilleur des cas. Une fois lesdites merveilles et ma valise récupérées, nous sortons de l'aéroport qui n'a rien d'engageant tant il ressemble à un aéroport de campagne. En tout cas, c'est ce que je pensais quand j'ai débarqué ici pour la première fois. En voyant la tête de Jake, je le traîne par le bras vers le chauffeur que je connais déjà. Je lui adresse un *merhaba* de circonstance. Il me souhaite la bienvenue, et à la différence de Jake, je me sens tout de suite à la maison. C'est parti pour une heure de minibus vers Urgup, notre destination finale. J'ai hâte de revoir l'hôtel et tout le monde.

L'avantage des tribulations de Jake, c'est que je n'ai pas pensé une seule seconde à tout ce qui vient de se passer. Mon fidèle ami met dix minutes top chrono avant de s'endormir et le chauffeur est une tombe, comme d'habitude. Ce type doit avoir des mimes dans la famille car je ne l'ai jamais entendu prononcer plus de trois mots d'affilée. La musique est à chier, comme d'hab' en Turquie. Tout ça me laisse un peu trop seule avec mes pensées, je suis complètement paumée. L'avantage, quand on est ronde – parce qu'il y en a certains avantages, pas beaucoup mais quelques-uns –, c'est qu'on ne vit pas ce genre de trucs. On reste dans une zone où on porte une cape d'invisibilité comme Harry Potter. C'est même plus la *friendzone*, c'est la *nozone*. Je sais que ça a l'air chiant comme la pluie, mais c'était ma zone de confort. Ne pas prendre de risques, ne pas trop se dévoiler pour ne jamais souffrir.

Résultat des courses : retour au point de départ dans un endroit où je suis déjà partie me cacher auparavant. Malgré ma silhouette imposante, je suis très douée pour ne pas être vue, enfin le moins possible. Le résumé de ces derniers jours est aussi tragique qu'un de ces téléfilms qui passe sur TF1 en début d'après-midi. Moi, Stones, la proie de deux superbes spécimens, Jax et Dan, ça ne pouvait que mal tourner. Sauf que sur TF1, il y aurait des morts, j'ai au moins échappé à la mort par psychopathe dans un téléfilm dont le titre serait un patron inquiétant ou un concierge au double visage. Mon cerveau a explosé en tellement de morceaux que je n'arrive même plus à réfléchir correctement. Je ne sais toujours pas si c'était un rêve ou si c'était réel. Si c'était un rêve, je devrais bientôt me réveiller si possible avec 30 kilos de moins et des jambes interminables à la Heidi Klum. Quoi ? On peut toujours rêver.

On arrive enfin à bon port. Je réveille Jake tout doucement en lui caressant la joue. Quand il examine le parking et regarde l'hôtel en détail, son visage devient livide comme si nous étions devant un camping. Il ne faut pas exagérer quand même. Il fait déjà nuit, la lumière qui se reflète sur la roche est féérique. *Home sweet home !* Les façades des hôtels en pierres beige rosé taillées dans le style de la région nous transportent dans un autre monde. Ce paysage lunaire qui appelle à la sérénité m'avait manqué. Le personnel et mes anciens boss nous accueillent chaleureusement pour mon retour. La femme de mon ancien patron nous a tout de suite trouvé une suite quand je lui ai dit que j'avais besoin de prendre le large mais que mon compagnon de voyage était un peu tatillon. Valérie est adorable et je ne peux même pas dire combien de fois elle a été là pour moi pendant le temps que j'ai passé ici. Nous passons devant le premier hôtel de mes anciens boss pour rejoindre la magnifique porte en bois de l'hôtel Evi, lui faisant face. Ça me ramène au moment de ma première visite, j'avais tout de suite été charmée. Jake me suit non sans m'adresser son regard des mauvais jours. L'odeur du jardin de roses me chatouille les narines. Mon regard se pose sur cette banquette creusée dans la roche et son coussin aux couleurs chatoyantes sur lequel j'adorais me relaxer au soleil. Même Jake en reste sans voix, ce qui est une première. Ce jardin fait souvent cet effet-là. C'est comme une oasis de verdure dans le désert.

La voix pleine d'émotions de Jake me sort de mes pensées :

— Cet endroit est formidable, je comprends enfin ce que tu avais trouvé ici. Je sens que ça va m'inspirer une nouvelle collection, affirme-t-il en me serrant contre lui.

— Tu vois ce n'était pas la peine de faire ta Drama Queen ?

— Que serait ta vie sans une Drama Queen ?

— Je ne préfère pas répondre, me moqué-je.

— Où est notre chambre ?

— Notre suite, tu te doutes bien qu'en voyageant avec toi, il fallait que j'assure mes arrières, je tiens à ma vie…

— Tu me connais si bien, ma chérie.

Valérie me dit qu'on a le temps de nous installer et qu'ils nous attendent en bas pour dîner. Je crève de chaud et nous avons besoin de nous rafraichir après ce long voyage. La suite qu'on nous a attribuée est normalement réservée pour les lunes de miel, ce qui ne manque pas d'alerter Jake.

— Lune de miel, je sens que ça va me plaire.

Il se dirige vers la salle de bain avant d'ajouter :

— En plus ce lit à l'air propice à te dévergonder, conclut-il d'un air pervers.

Un lit à baldaquin avec des rideaux en toute transparence qui invitent à la luxure, un plafond en bois orné d'une rosace sculptée, un petit salon oriental constituent un ensemble harmonieux et dépaysant, c'est une de mes suites préférées. On s'y sent comme dans un cocon. Les murs en roche cultivent encore davantage cette sensation. Même la douche a été creusée dans la roche, mais je m'égare et je crois que le boss a cru qu'on était en couple.

Merde !

— Jake, sérieux, on n'est pas là pour ça !

— Ah, parce que tu vas enfin me dire ce qu'on fait là ? Tu sais que je ne tiens plus avec tout ce suspense.

Et là, d'un coup, toutes les larmes, tout le désarroi que je retenais jusqu'à présent explosent en mille morceaux en tombant dans les bras de Jake en murmurant :

— Tu sais bien pourquoi on est là, parce que je ne peux pas. Je ne pourrai jamais, je…

Jake me réconforte tant bien que mal en me caressant les cheveux. Il me murmure que tout ira bien et me dépose de petits baisers sur le front. Je finis par me calmer en respirant son odeur familière et en écoutant ses paroles rassurantes.

— Ça va aller. Je suis là. Je serai toujours là. Je te laisse prendre une douche le temps de déballer mes merveilles s'il y a des survivantes. Comment s'habille-t-on pour un dîner dans le trou du cul du monde ?

— Casual, n'en fais pas trop.

— Comme si c'était mon genre, répond-il faussement vexé.

— Justement, c'est tout à fait ton genre, on dirait toujours que tu sors d'une séance photo.

— J'accepte ce compliment déguisé qui me va droit au cœur.

Sa réponse a le mérite de me faire rire. Je me détends sous la douche en repensant aux sensations ressenties au contact des corps de ces Adonis que je croirais avoir rêvés. Ces deux Apollons sont à la fois si différents et si semblables. Mon intimité me démange. Mes mains qui ont leur propre volonté depuis quelque temps se dirigent directement entre mes plis. Je m'imagine avec Dan et Jax dans cette douche, leurs mains explorant chaque centimètre de mon corps, me murmurant que je devrais succomber, que je suis si belle, si trempée, si chaude pour eux. Tout ça semble si réel que je pourrais presque sentir leurs parfums respectifs, leur douceur, leur chaleur et leur goût. Avant même de m'en rendre compte, je suis en proie à un orgasme à la fois frustrant et dévastateur. Mes fantasmes vont finir par m'envoyer en enfer. Je suis encore plus déstabilisée que tout à l'heure et mon corps est un sale traître. En sortant de la douche, je tombe sur Jake nu comme un ver et je ne parviens pas à m'empêcher de rougir :

— Ta douche prenait une éternité. Je suis venu voir si tu avais besoin d'aide, s'excuse-t-il avec un clin d'œil comme s'il savait très bien ce que j'étais en train de faire.

Je pense aux conseils que ma mère me donnerait. Ils sont si loufoques qu'ils devraient être compilés dans un ouvrage intitulé « Les conseils d'éducation d'Iris qui déchirent ». Elle dirait que ça arrive d'être gêné par un homme à poil. *Dans ce genre de situation, regarde-le dans les yeux, ne te prends pas la tête, Stones.* Conseil utile avec Jake. Il n'y a pas à dire, ce type est aussi pudique qu'un nudiste au Cap d'Agde et j'ai parfois du mal avec ça.

— Je t'ai préparé une robe sur le lit et je m'attends à ce que tu la mettes. Pas de protestation. Hop, hop, hop. J'ai besoin de me faire beau au cas où je croiserais le chemin d'un beau Turc au regard ténébreux.

Alors, là c'en est trop, j'éclate de rire. Les chances qu'il croise un autochtone dont les préférences flirtent avec les siennes sont proches de 0 dans cette région traditionnelle de Turquie. Je sais bien que son fantasme est de faire changer de bord un hétéro, mais il faut voir la réalité en face. La démarche pourrait s'avérer être délicate, voire risquée, en Cappadoce. Je préfère garder ça pour moi. Ignorant tout de mon trouble, il me lance un regard interrogateur :

— Quoi ?

— Rien, rien, dis-je en essayant de me calmer tant bien que mal. Une robe, tu as dit ? J'espère qu'elle ne brille pas et qu'elle ne ressemble pas à une tenue de scène du *Moulin Rouge*, dis-je pensive.

Ce serait bien son genre, tiens !

— Ah oui, le thème *Moulin Rouge* aurait été une bonne idée. Allez, Cendrillon, va enfiler ta robe de bal. Ne perds pas de temps. J'ai faim. En plus on est assortis. Il en va de l'harmonie de notre couple.

Il fuit avant de me laisser la moindre de chance de répondre. L'harmonie de notre couple ! Mais c'est n'importe quoi ! À chaque fois qu'il ouvre la bouche, on se croyait dans *Don't trust the bitch in Apartment 23*. Lui serait la bitch et moi la pauvre blonde qui essaie de survivre à ses idées excentriques. Quand je vois la tenue en question, une robe longue aubergine, j'ai immédiatement envie de mettre sa tête au bout d'une pique. *Du calme, Stones, tu n'es pas une psychopathe.* Quoique. Je vais avoir l'air d'une aubergine géante qui marche avec des échasses, si j'en crois les sandales compensées posées à côté du lit. Il n'a pas remarqué que les escaliers en roche de l'hôtel ne ressemblent pas vraiment au *red carpet*. Et là, ça fait tilt. Je comprends enfin pourquoi il avait autant de valises. Il voulait jouer à la poupée sauf que je ne suis pas sa Barbie, ni celle de personne d'ailleurs. Trente minutes plus tard, Sa Majesté est prête, habillée d'une chemise aubergine et d'un jean gris. Il a fait vite pour une fois. Je me demande combien d'aubergines il a fallu tuer pour faire nos tenues. Houla ! Je m'égare encore.

Après une descente d'escaliers des plus laborieuses, nous arrivons au restaurant. Nous nous délectons de mezze et d'aubergines farcies. Je me fais l'effet d'une aubergine géante qui mange des bébés aubergines. Ma santé mentale, ce n'est toujours pas ça. Nous finissons le repas par un délicieux thé turc accompagné de baklavas en discutant de notre programme de la semaine. Les anecdotes de mon ancien boss Hakan sur la vallée de l'amour amusent énormément notre Jake national qui ne cesse de poser des questions de plus en plus gênantes du genre « Est-ce que les cheminées de fée sont inspirées des sexes des dieux ? » Franchement, la honte. Au moins, ça a le mérite de faire rire sa femme.

Elle ne cesse de m'interroger du regard sur la nature de notre relation. Je coupe court en disant que nous sommes fatigués. Jake m'aide tant bien que mal à remonter vers notre chambre. Ça ressemble à un parcours du combattant avec ces échasses. Cet abruti en profite même pour se moquer en me traitant de flamand aubergine. La faute à qui ? Le voyage et toutes ces émotions nous ont épuisés. Sans un mot, nous nous couchons en nous embrassant paresseusement jusqu'à en avoir mal aux lèvres. On ne parle pas de ce dont nous devrions parler car nous sommes des autruches en puissance. Je m'endors dans ses bras en me disant que je ne suis pas la seule de nous deux qui ait des problèmes avec un homme si j'en crois son regard torturé. Mon sommeil est paisible dans ce lit à baldaquin où l'on se sent à l'abri du monde. Demain sera un autre jour, notre maelström émotionnel ne se sera pas envolé. Si seulement c'était possible.

Chapitre 7
« How you remind me », Nickelback

Jax

On devrait m'appeler Jax, le roi des idées foireuses en tout genre. Il est clair que je n'ai pas eu l'idée du siècle en voulant passer au K avant mon entretien devant le juge, alias Jiminy. Je pensais que ça me changerait les idées. Je me suis pointé en pensant trouver quelqu'un pour prouver que tout ça n'avait pas d'importance, que rien n'était important. Qu'elle n'était pas partie, que je n'avais pas un mal de chien quand quelqu'un avait le malheur de prononcer son prénom, que tout ça n'avait pas existé. Enfin, c'était surtout pour m'empêcher de prendre une dose : addict un jour, addict toujours. Une fois sur place, il y avait tout ce qui aurait réveillé ma bite d'habitude : des couples à mater qui cherchent un troisième pour casser la routine, de petites princesses ingénues qui veulent se faire peur, un champ de possibilités infini. En temps normal, j'aurais juste commandé un verre avant de repérer ma ou mes proies. Au lieu de faire ce que j'avais prévu, c'est-à-dire laisser ma bite décider, j'ai été incapable de bander. Rien ! C'était comme si elle s'était transformée en belle au bois dormant. Eh oui, je parle du conte de fée, ce qui prouve que je ne suis carrément pas dans mon état normal. Je suis furax contre cette créature démoniaque qui empêche ma bite de vivre sa vie. *C'est ça*, me dit ma conscience, *juste ça, rien à voir avec le fait que tu éprouves enfin des sentiments.* Pour faire taire cette petite voix de merde, j'ai enfoncé le clou en partant dans une course effrénée en jean jusqu'à ce que mes muscles me fassent souffrir. Ce n'était pas une idée de génie sous une pluie battante. Après toutes ces péripéties, je suis passé devant le *concierge desk* non sans me faire foudroyer par le regard de Dan à cause de mon allure de naufragé ou de notre fâcheux contentieux. *Chacun son tour mon vieux, Stones, Pete, son amoureux et toi, vous avez tous envie de me régler mon compte.* Il va falloir organiser un stand où chacun aura son petit ticket. Pourquoi pas une téléréalité «Qui veut régler son compte à Jax»? Ça aurait du potentiel, j'en suis sûr. Au moins, je pourrais me reconvertir si le rock foire.

En entrant dans l'ascenseur, l'alarme de mon téléphone s'enflamme ce qui me fait dire que j'ai intérêt de me grouiller si je ne veux pas rajouter une personne au casting déjà bien fourni de «Qui veut régler son compte à Jax». J'essaie de ne pas traîner dans la douche, mais je me souviens que c'est ici même que j'avais goûté à sa chatte. C'est comme si son goût me revenait en bouche : un goût sucré et addictif. Et là, comme par magie, je bande comme un taureau. Niveau timing, ma queue n'est pas géniale sur ce coup-là. Malheureusement, je n'ai pas le temps de m'y attarder car Jiminy n'est pas du genre patient.

Je récupère ma caisse et conduit en essayant de ne pas penser à ce qui m'attend. En arrivant, j'admire l'endroit, ses dorures, ses nappes blanches, des fauteuils élégants, une atmosphère digne des Romanov. Un lustre immense complète le tableau. On se croirait vraiment à Moscou. Tout est cool jusqu'à ce que j'avise la tronche de Jean qui me fait dire qu'il est bien au casting de mon émission. C'est même le personnage principal de la téléréalité fictive dont je parlais plus tôt. Jiminy lance les hostilités sans perdre de temps en civilités d'usage. Habillé comme le chef d'un gang de motards avec sa veste en cuir, il fout la trouille.

— Assis, ordonne-t-il d'un ton sec.

Quand je disais qu'il foutait la frousse… Je m'exécute décrétant que j'ai contrarié assez de gens pour le moment.

— Putain, Jean, qu'est-ce que tu as encore ? Je ne suis pas d'humeur !

— Ton frangin m'a appelé, confesse-t-il d'un ton accusateur.

Saint Pete a encore fait des siennes. Déjà que je passe une journée qui figure en bonne place dans le palmarès des plus merdiques.

— Quand se mêlera-t-il enfin de ses affaires celui-là ? Qu'est-ce qu'il a dit ?

Mon frère veut toujours m'aider, souvent contre ma volonté. Difficile de l'arrêter, il faudrait lui coller du scotch sur la bouche, ce serait plus simple.

— À ton avis ?

— OK, j'ai un peu pété un plomb hier. La fille dont je te parlais la dernière fois, celle qui me soûlait, elle s'est barrée sans nous donner le temps de nous retourner. Elle nous a lâchés pour l'hôtel. On formait une bonne team, essayé-je de le convaincre tout en essayant de me convaincre.

— Pour l'hôtel ?

— Oui, pour l'hôtel, tu n'en as pas marre de répéter ce que je dis, merde ?

J'ai mal au crâne et ils sont tous bouchés de la cafetière, ce n'est pas possible.

— Tu peux te mentir si tu veux, gamin, mais on ne me la fait pas à moi. Tu n'as pas saccagé une chambre pour une employée avec qui tu formais une bonne équipe pour un hôtel dont tu n'as rien à foutre.

— Pense ce que tu veux, en quoi ça te regarde?

— Quand elle était dans les parages, je t'ai vu sourire. D'habitude, tu ne souris jamais à part tes sourires de merde quand tu te fous de la gueule des gens. Tu veux savoir ce que je pense? Tu l'as dans la peau et tu as merdé. Les gars comme nous merdent toujours. Même si tu refuses de l'admettre, tu as merdé dans les grandes largeurs. Quand elle était encore là, tu craignais moins et tu ne pensais plus à la poudre. J'arrivais presque à supporter ta gueule de connard.

Quand Jiminy s'embarque dans un monologue...

— Tu t'occupes du courrier du cœur maintenant. C'est quoi la prochaine étape? On va se faire une manucure, ou encore mieux, on se tartine la gueule de crème? Et même si c'était le cas, que veux-tu que je fasse? Elle s'est barrée.

— Alors là, c'est ton business. Qu'est-ce tu fous encore ici? Dégage et si tu attends que je te fasse un petit bisou, tu rêves. J'ai à faire.

Net, expéditif et froid comme la banquise, comme d'hab'. Je m'arrête à la porte. C'est là que je me rends compte qu'on s'en tape de ce que je peux bien ressentir. Elle me fait du bien. Peut-être que c'est ma drogue, mais je me sens mieux quand elle n'est pas loin. Et là, je souris vraiment comme je n'avais jamais souri auparavant. Bon, comme je n'ai pas l'habitude, ça ressemble au chat d'*Alice au pays des merveilles*, pas top. Il va me falloir de l'entraînement avant d'arriver à quelque chose de correct. Note à moi-même : ne pas oublier de remercier ou de refaire le portrait de Pete la balance. Je n'ai pas encore décidé. Ce gars est pire qu'une concierge portugaise.

Pourtant, il a déjà assez à faire avec son crush. Je sais ce qu'il me reste à faire. Que ma furie le veuille ou non, il faudra qu'elle m'affronte en face. Depuis le début, elle ne fait que fuir. Je la retrouverai et il faudra qu'on apprenne à composer ensemble. Si on arrive en plus à virer Dan du tableau, c'est un bonus. Quand je pense à son visage quand elle était encore dans les nimbes de l'orgasme ou à ses grands yeux orageux quand elle est furax contre moi, je me sens à l'étroit dans mon jean plus qu'en regardant n'importe quel porno. Bon, action. D'abord, il faut que je parle à Dan, quitte à se foutre sur la gueule. Enfin, si je pouvais éviter d'abimer encore plus ma petite gueule avant la séance photo de l'album, je vote pour. D'autant qu'il y aura aussi le clip de *She's my Drug* à tourner....

Chapitre 8
« Born to be wild », Steppenwolf

Stones

Premier réveil en Cappadoce et nous sommes prêts à explorer – ou réexplorer pour moi – le pays des cheminées de fée. Après un petit-déjeuner au top, nous sommes maintenant d'attaque à affronter presque tout ce qui pourrait arriver : crises de larmes, camps de survie, sorties en boîte, attaque furtive et même défilé sur le catwalk. Changement notable par rapport à hier soir, je ne ressemble plus à une aubergine mais à un soldat en mission commando. La région ressemble à l'astre de la nuit mais nous ne sommes des explorateurs. Pour un citadin comme Jake, même la banlieue, c'est le choc des cultures. Il est clair que nos looks ne vont pas passer inaperçus : des chaussures de marche cloutées – quel cerveau bizarre a pu imaginer ça, je ne sais pas –, un pantalon cargo kaki agrémenté d'un tee-shirt clouté pour moi, camouflage pour lui. Comme si ma peau et mes yeux clairs ne suffisaient pas à me faire remarquer en Turquie ! Les aviators complètent le look.

Vous avez dit *too much* ? Mais pas du tout. On a dépassé le *too much* il y a bien longtemps. On est à un autre niveau. Quand il s'agit de Jake, je n'arrive jamais à dire non. Il me sort des tirades interminables sur des fringues, et là, je reste sans voix. Voilà comment on se retrouve vêtue de la sorte.

— Tu es sûr pour le pantalon ?

— Tu es canon. À nous deux, on forme le couple le plus sexy de Cappadoce, dit-il en rabattant ses lunettes. Où est-ce qu'on va ? Faire du shopping ? Wow génial, j'ai lu qu'il y avait de fabuleux bijoux et…

— On va faire une randonnée dans la vallée de l'amour en Cappadoce. Tu avais l'air super enthousiaste à son propos hier, rétorqué-je en le coupant parce que sinon demain on sera encore là.

— Cool ! On ne va quand même pas marcher toute la journée ? se plaint-il alors que la journée ne fait que commencer.

Comme on pouvait s'en douter, notre look ne laisse pas la population locale indifférente. Au moins, ça a le mérite de détendre l'atmosphère. Les gens nous prennent pour des stars américaines souhaitant se la jouer incognito. Sa Majesté est ravie. J'ai pris un guide parce qu'il est impossible de s'orienter ici à moins d'y être né. Au bout d'une heure de marche, il a l'air tellement exténué que le guide a pitié de lui. Il me demande s'il faut appeler le minibus pour qu'il le ramène ou une ambulance, il ne sait pas trop. Je pense qu'une orange pressée suffira. Nous nous arrêtons donc à un stand de jus d'orange comme il y en a beaucoup dans la vallée. Jake semble au bout de sa vie. Je trouve ça bizarre étant donné le nombre d'heures de sport que nécessite un tel corps. Enfin, ce n'est pas Rambo non plus, quoiqu'avec son accoutrement et le mien, on pourrait en douter. On se pose pour déguster notre boisson.

— C'est vraiment joli le paradis des phallus. J'adore. Wow, murmure-t-il en faisant référence aux cheminées de fée.

— Tu ne peux pas t'empêcher de voir des sous-entendus partout.

— Non, mais tu imagines te prendre une bite de cette taille ?

Non, je n'y avais pas pensé. Merci, Jake, pour cette remarque constructive et plus qu'imagée qui me rend nauséeuse.

— Assez, dis-je en levant ma main devant lui, tu vas nous faire remarquer. Si on parlait plutôt de cet air pensif que tu avais il y a un instant. Pete ? Eh ouais, mon vieux, on ne me la fait pas à moi.

— Je me sens très bien, ma chérie, et je ne vois pas de quoi tu parles.

— Jake, c'est moi, parle. Ma tenue est livrée avec les techniques d'interrogatoires qui vont avec.

— Ok ok, je me demande si je n'ai pas commis une erreur. D'accord, je suis libertin et bi, mais je pense que j'aurais dû y mettre les formes quand j'ai lâché l'info à Pete. Il y a quelque chose en lui qui me fait vraiment vibrer. Après le fait qu'il ait du mal à accepter mon mode de vie et notre relation à part n'aide pas. Je ne sais pas quoi faire. Il est peut-être déjà trop tard de toute façon. Et toi, tu vas enfin me dire ce qu'il s'est passé ? De qui dois-je refaire le portrait ? Personne ne te fait du mal sans en subir les conséquences.

— Pete a essayé de t'appeler ?

— Je ne sais pas, j'ai bloqué son numéro parce que je suppose que son con de frère a quelque chose à voir dans tout ça, et n'essaie pas de changer de sujet.

— Je ne suis pas prête à te parler de tout ça, mais j'ai réalisé que rien ne sera jamais possible entre nous.

— Entre Dan et toi ou entre Jax et toi ? Précise, étant donné ta vie trépidante ces temps-ci, c'est un peu un mix entre *Dynastie* et *Les Feux de l'amour*. J'ai même l'air prude comparé à toi.

— N'exagère pas non plus. Les deux, en fait.

— Oula, dossier sensible. Je te laisse tranquille pour l'instant, mais cette conversation n'est pas terminée. Un selfie pour nous remonter le moral ?

Je me plie de mauvaise grâce à l'exercice en souriant devant l'objectif pendant qu'il me plante un bisou sur la joue. On dirait deux paumés en stage commando chez les Bisounours. Notre balade se poursuit dans la vallée et je retrouve ces sensations : le soleil qui réchauffe ma peau, l'odeur des vignes, l'émerveillement en admirant les magnifiques paysages. J'étais sûre que venir ici m'aiderait à me sentir mieux, plus apaisée. *Tu as encore fui comme d'habitude. Stones est déstabilisée et elle détale aussi vite qu'un guépard qui aurait abusé des boissons énergisantes.* Fichue conscience. Je suis une mauvaise amie.

Une bonne amie lui aurait proposé de rentrer et je commence à penser que Jake et Pete formeraient une équipe d'enfer. J'essaie d'occulter qu'il va me cuisiner ce soir. Je me suis tiré une balle dans le pied en venant ici. L'hôtel ne dispose pas de plan d'évacuation en cas d'urgence. Mais passons, les nombreuses plaintes de Sa Majesté sont tellement distrayantes que j'arrive à oublier *the* discussion à venir :

— On peut s'arrêter. J'ai trop chaud. Je vois des mirages là-bas au loin. Je vais défaillir.

On dirait une miss France perdue dans le désert…

— Oui, votre Majesté, on va s'arrêter pour vous sustenter, le rassuré-je.

Le guide nous emmène dans un endroit où on déguste de délicieux pides, des pizzas turques garnies de viandes ou de fromage. La tête que fait Jake vaut le détour :

— C'est ici qu'on mange ? Stones, tu veux ma mort ? Je te préviens, tu seras obligée d'écrire une oraison funèbre épique, annonce-t-il avec emphase.

— Tu vas voir, c'est très bon. Les gens sont sympas et tu me dois bien ça. Avec la tenue que tu m'as choisie, tout le monde me regarde.

— Je ne crois pas que ce soit la tenue qu'ils regardent. Pourquoi penses-tu toujours que tu peux te rendre invisible ? On te voit tous et je suis persuadé que c'est ça le problème. Alors, je vais te dire ce qu'on va faire. On va manger ton genre de pizza parce que j'ai la dalle. Et après tu me trouves un endroit pour faire du shopping : n'importe quoi, une bijouterie, un magasin de tapis, un stand de souvenirs tenu par des vieilles, ce que tu veux, mais il me faut ma dose de shopping. Ensuite, tu me racontes toute l'histoire, ça, c'est non négociable.

Il donne un coup sur la table qui a pour effet de faire sursauter tout le monde autour de nous, moi y compris.

— Merde, Jake, tu as pris des cours de dictateur pendant la nuit ? Ok, ok, je dirai tout, toute la vérité, rien que la vérité votre honneur, dis-je en levant la main droite.

— Sage décision, jeune fille.

Après avoir englouti notre repas, j'emmène Sa Majesté dans une bijouterie où ils vendent des trésors ornés de ma pierre préférée, la turquoise. Jake, ébloui par toutes ces merveilles, exaspère les vendeurs que je surprends parfois à lever les yeux au ciel. Il faut dire qu'il en est au moins à son vingtième essai bracelets, chevalières, tout y passe… Au grand soulagement des vendeurs, il choisit une chevalière haut de gamme qui les dédommage largement pour leur patience :

— Je t'ai aussi pris ça, annonce-t-il en me tendant un bracelet serti de turquoise.

Il m'explique que le bracelet est en argent et serti de deux turquoises taillées en forme de triangle qui représentent notre relation. J'enfile le bracelet encore émue par son geste :

— Mais, Jake, tu n'avais pas besoin de m'acheter ça.

— Souvenir de notre voyage avec notre pierre de naissance pour que tu te rappelles qu'on sera toujours là l'un pour l'autre, qu'on ne forme qu'un. Tu vois, je suis un dictateur sentimental, déclare-t-il en me faisant un clin d'œil.

Je lui plante un bisou sur les lèvres et lui fais un câlin pour le remercier. Derrière son côté enjoué de diva, je sais bien qu'il se cache un nounours au cœur tendre qui a été blessé tout comme moi. Il est déjà temps de rentrer à l'hôtel pour la discussion que j'évite depuis le début de notre voyage. Son regard me fait comprendre qu'il sait à quoi je pense et que, cette fois, je n'y couperai pas. Je me sens comme une condamnée en sursis.

Chapitre 9
« Back to Black »,
Amy Winehouse

Dan

Il n'y a bien que moi pour penser que cette fameuse Amy Whinehouse pourrait me remonter le moral. Je ressemble à un type qui n'a pas pris de douche depuis une semaine alors que ça ne fait qu'une journée. Je suis en jean et je n'ai même pas l'énergie de prendre cette fichue douche que mon odeur me réclame. Je regarde mon verre comme s'il pouvait me donner la solution. Je n'ai même plus le courage de boire, rapport à la murge qu'on s'est prise hier. J'ai joué au mec sûr de lui devant Pete parce que je ne voulais pas le déprimer plus qu'il ne l'était déjà. Si elle ne veut pas qu'on la retrouve, alors on ne la retrouvera pas. Stones a oublié d'être stupide. Mon seul espoir est l'addiction de Jake pour les réseaux sociaux. Je suis sûr qu'il posterait même une photo des toilettes. J'allume la TV et zappe sur la chaîne bien-être. Cette connerie arrive à m'endormir en moins de 10 secondes d'habitude. Je suis sur le point de fermer les yeux quand ma porte tremble comme si quelqu'un essayait de la défoncer.

— Dan ouvre, tu fais chier, putain ! Ouvre cette putain de porte ou je la défonce. Tu sais que j'en suis capable !

Merde, encore lui. Tout le monde s'est donné rendez-vous pour m'emmerder ! On ne peut même plus déprimer tranquille. D'abord, les clients que j'avais envie d'envoyer chier, Pete qui m'a pris la tête et maintenant ce connard. Autant s'en débarrasser tout de suite. Je me traîne jusqu'à la porte en lui lançant un regard de tueur :

— Putain, Jax, tu ne crois pas que tu en as déjà assez fait ? Dégage !

— Il faut la retrouver. Il faut qu'on la retrouve. On ne peut pas abandonner maintenant.

Tiens, maintenant monsieur veut retrouver Stones, c'est nouveau. Il me regarde d'un air dégoûté sûrement à cause du manque de douche et de ma tronche de pilier de bar :

— Putain, Dan ! Prends une douche. Tu sens l'odeur du vieux bar où on traînait quand on était ado, et ce n'est pas un compliment.

— Dégage ! hurlé-je en essayant d'avoir l'air plus convaincant.

— Tu fais chier ! Je ne partirai pas d'ici. Je commande à manger, du café et on bosse sur un plan pour la retrouver. Pour l'instant, je n'arrive même pas à me concentrer tellement tu pues, dit-il en se bouchant le nez.

— Ok, c'est bon. Décidément, tout le monde a décidé de me faire chier aujourd'hui.

J'entre dans la salle de bain et vire mes fringues. D'après ce que je comprends de sa voix au loin, il est en train de commander toute la carte. C'est vrai que j'ai la dalle même après le burger. On a toujours eu un appétit d'ogre tous les deux, que ce soit pour la nourriture ou les femmes. Je rentre dans la douche et l'eau chaude détend mes muscles petit à petit. Je ferme les yeux et c'est comme si j'étais projeté dans une autre dimension. La plus belle des créatures, Stones, est collée contre mon corps. Elle frissonne alors que je la savonne en prenant mon temps pour m'assurer de n'oublier aucun centimètre de sa peau laiteuse. L'eau épouse délicieusement ces courbes et elle ne cesse de murmurer mon prénom d'une voix rauque. Sa voix est douce mais quand l'excitation l'envahit, elle se fait plus rocailleuse et déterminée, tellement sexy. Je m'imagine à genoux, écartant ses plis pour faire ruisseler l'eau directement sur son clito. Cette pensée envoie mes mains directement sur ma bite. Je poursuis mon rêve éveillé par ma bouche qui aspire goulûment le centre de son plaisir. Ses yeux deviennent subitement de la couleur d'une mer déchaînée. Elle me supplie, aucune mélodie ne pourrait être plus douce à mes oreilles. J'accélère le mouvement pour la faire venir telle une déferlante qui entraîne ma propre jouissance. Je m'entends grogner comme si j'étais un animal. Je suis soudain plus détendu et mes pensées n'ont jamais été aussi claires. Elle est mon obsession, celle que j'attendais depuis toujours… Un autre constat plus amer me frappe, nous allons devoir apprendre à la partager et surtout à ne pas la brusquer. Enfin, pour ça, il faudrait déjà qu'on sache où elle se cache. Je sors de la douche et enfile un jean propre. Il n'y a pas de temps à perdre. Je tombe sur l'enfoiré en chef qui me regarde d'un air ironique :

— C'était bien ?

— Tu ne veux pas savoir.

— En tout cas tu as meilleure allure et meilleure odeur, c'est déjà ça. Donc, qu'est-ce qu'on fait ? dit-il comme si on parlait de la pluie et du beau temps.

— «On» ? demandé-je pour être sûr de comprendre ce qu'il vient de dire.

— Oui, toi et moi ? Parce qu'il est clair que nous sommes dans la même galère, dit-il en haussant les sourcils.

— Avant de parler d'une équipe, je veux être sûr de ce que tu prévois quand on la retrouvera parce qu'il est hors de question de la perdre à nouveau à cause de ton putain de caractère de merde. Autant mettre cartes sur table.

— Elle devra faire un choix ou… j'en sais foutre rien. Je ne sais pas pourquoi elle a réagi avec autant de violence quand elle est entrée dans le K, ce n'est pas son genre. Enfin, si, c'est son genre d'être une putain de furie, mais pas comme ça.

Je tique à la mention du surnom de furie. Elle est douce comme une nymphe avec moi, mais il est vrai que ce mec a le don très particulier de faire ressortir le pire chez tous ceux qui ont le malheur de croiser sa route.

— Je ne comprends pas davantage sa réaction, mais je pense que la pousser à faire un choix entre nous deux ne fera qu'envenimer les choses. Elle va paniquer, et ni toi ni moi ne voulons ça. Enfin, pour ça, il faudrait déjà la retrouver…

— Pour un petit génie de l'informatique comme toi, ça devrait être facile, affirme-t-il se foutant ouvertement de moi.

— Le petit génie est déjà sur le coup, monsieur je ne sais rien faire moi-même. J'ai fait chou blanc pour le moment, mis à part une photo à l'aéroport. Mais avant de parler de ça, jure-moi que ce n'est pas juste pour ta fierté, que ce n'est pas que pour la baiser encore et la jeter ensuite, ou encore pire, un de tes jeux de destruction encore plus tordu, parce que si c'est ça, crois-moi que je ferai tout pour t'éloigner d'elle.

Jax se met à faire les cent pas, soudain paniqué, c'est bien la première fois que je le vois dans cet état pour une raison qui n'a rien à voir avec son addiction.

— Putain, Dan, je sais pas. Quand elle est là, j'oublie tout le reste, il n'y a qu'elle. Je ne pense plus à la poudre. Je ne pense plus à mon existence de merde. Je ne pense qu'à elle.

Tu sais que Stones n'est pas mon genre, enfin d'habitude, parce que là je bande dès que je la vois.

Soudain, il se fige, visiblement en panique.

— À l'aéroport ? Elle pourrait être au Mexique à l'heure qu'il est ! marmonne-t-il.

— Je crois que tu viens de répondre à ma question, tu l'as dans la peau, Jax.

Ouais, tu n'as pas du tout envie de lui en mettre une, me dit ma conscience. Tout comme moi.

Je le laisse digérer cette information avant de reprendre en lui tapant sur l'épaule :

— Et si on mangeait maintenant ? Avec tout ce que tu as commandé, on en aura tout juste assez. De toute façon, tous mes traceurs sont activés, on ne pourra rien faire de plus pour le moment.

Nous dévorons notre repas comme si on n'avait pas mangé depuis des lustres alors que pour moi, ça fait à peine une heure. On dirait des Vikings qui se tapent la cloche après une bataille. En parlant de bataille, celle que nous nous apprêtons à mener pour Stones risque d'être coton car j'ai l'impression qu'il ne lâchera pas plus l'affaire que moi. Il va donc falloir qu'on se comporte en êtres civilisés. Et quelque chose me dit que je vais devoir être le plus raisonnable des deux parce que ce ne sera certainement pas la rockstar qui le sera. On discute comme on ne l'avait pas fait depuis longtemps. Il a l'air d'aller beaucoup mieux, et si je me mentais, je me dirais qu'elle n'y est pour rien. Je repense à la dernière fois où on avait partagé une femme : Julia. Le fait qu'elle se soit pointée à l'hôtel avec Jax il y a quelques jours n'est pas pour me rassurer. On va devoir aborder le sujet tôt ou tard, alors pourquoi pas maintenant ? Je pose ma fourchette et attaque direct :

— Tu te souviens de ce qui s'est passé la dernière fois qu'on a partagé une femme en club et dans la vie ? Tu sais la femme qui s'est pointée en ta compagnie il y a quelques jours ?

Jax a soudain l'air gêné par ma question et se frotte les tempes :

— J'ai fait une connerie, j'étais paumé à cause de Stones. Du coup, j'ai décidé d'aller au K, et malheureusement, Julia était là. Je ne sais pas ce qu'elle foutait là, d'ailleurs. Comme à son habitude, elle s'est frottée à moi. Mais, heureusement, je n'ai rien pu faire de plus que flirter parce que c'était Stones que je voulais. J'étais bourré et j'ai déconné. Je n'aurais jamais fait ça si j'étais dans mon état normal et tu le sais très bien. Depuis l'annulation du mariage, j'essaie de me tenir le plus loin possible de cette mégère. Le lendemain matin, j'étais tellement furax que je l'ai virée sans ménagement. Mais Stones n'est pas Julia ! dit-il d'un ton sans appel.

— Exact, Stones n'est pas Julia, elle n'a pas confiance en elle et a du mal à aimer ce corps ultra sexy que la nature lui a donné. C'est à nous d'arranger ça. Il faudra donc faire preuve de patience, et ce n'est pas ton point fort.

— Pas faux. Mais, pour moi aussi, elle est parfaite telle qu'elle est. Aucune femme ne m'a jamais fait un tel effet.

— On est deux. Admettons qu'on la retrouve, qu'elle veuille bien nous parler mais qu'elle ne parvienne pas à choisir, qu'est-ce qu'on fait ? On la partage dans la vie, tu l'épouses et je regarde une partie de moi-même en épouser une autre comme la dernière fois ? C'est vrai que tu m'as rendu service parce que Julia était une vraie garce manipulatrice, mais il est hors de question que tu me fasses un coup pareil avec Stones.

— Putain, Dan, à l'époque, j'étais tout le temps camé. Je ne voyais même plus le jour se lever. J'aurais pu épouser un Télétubbies s'il m'avait demandé en mariage. Je n'aurais jamais dû l'épouser car tu sais très bien qu'elle en voulait à mon argent – et au tien aussi, accessoirement. Je t'ai rendu service, crois-moi. Je ne sais pas comment on va la jouer pour Stones, je ne sais pas ce qui arrivera si elle n'arrive pas à choisir. Tout ce que je sais, c'est que j'ai besoin d'elle.

— Tout comme j'ai besoin d'elle.

Nous nous regardons en chiens de faïence aussi perdus l'un que l'autre et aussi mordu l'un que l'autre. Notre duel de regards est interrompu par mon téléphone qui s'illumine comme un sapin de Noël.

— C'est quoi ce merdier ?

— C'est l'alarme du traceur de Jake. Eh ouais, mon pote, je suis un génie.

— Tu l'as retrouvée ? demande-t-il plein d'espoir.

— Je ne sais pas encore, je dois ouvrir le truc sur ma bécane.

Dans la précipitation, je dégaine mon ordi avec Jax sur les talons.

— Putain, grouille, le virtuose du clavier. On n'a pas toute la vie !

Je lève les yeux aux ciels. J'ouvre l'ordi et atterris enfin sur la photo que Jake, notre bien-aimé addict aux sociaux, a postée. Un selfie en plus, du pain béni pour le tracer.

— Trop sexy, ma belle.

— Super bandante, dit-on pratiquement en même temps

C'est bête, mais ça fait du bien de la voir, même sur un selfie débile. On fronce tous les deux les sourcils en voyant que Jake l'embrasse sur la joue. Qu'est-ce que j'aimerais être lui là maintenant ou lui arranger sa petite gueule. Au choix.

— Ils sont où ? Dans le grand canyon ? Putain, ce connard est encore en train de l'embrasser. Je vais le tuer.

J'ignore volontairement sa remarque. C'est vrai que ça y ressemble, mais pas sûr. J'active le traceur. Ils sont en Turquie. Je lance mon petit logiciel maison pour plus de précision.

— Eh oui, il est toujours pendu à ses basques. Ils sont en Cappadoce, déclaré-je en tapant sur ma cuisse.

— C'est où et qu'est-ce qu'ils foutent là-bas ?

— Je vais regarder son dossier en piratant la boîte mail des RH. Il y a peut-être une connexion quelque part : famille, amis, travail, qui sait ?

— Tu sais faire ça, toi ?

Tout le monde doute de mes capacités aujourd'hui, c'est fatigant. Satisfait de ma performance, j'annonce :

— Voilà, je l'ai. Avant de travailler au *Wonderwall*, elle travaillait dans un hôtel en Cappadoce, l'hôtel *Evi*.

Jax s'empare de son téléphone, ce qui me fait dire qu'il est déjà en train d'arranger le voyage. Je vais enfin la retrouver, et une chose est sûre cette fois, elle sera mienne et je dévorerai ses délicieuses courbes, Jax ou pas Jax. Revigoré par la nouvelle, je jette quelques affaires dans un sac, je ne compte pas attendre le dégel pour aller la rejoindre. Jax raccroche d'un air défait.

— J'ai appelé mon assistant, on a un problème.

— Il n'y a pas de problème. On prend ton jet ou celui de ma famille. Quel que soit le problème, je trouverai la solution.

— Je ne parle pas du transport ni de l'organisation. Je parle du fait qu'il nous faut quelqu'un pour te remplacer comme Stones n'est plus à son poste. Ensuite, j'avais prévu une séance photo et le tournage d'un clip pour le groupe.

Il va falloir réorganiser tout ça et ça va prendre au moins une semaine pour tout gérer. Ne me regarde pas comme ça, c'est mon assistant Lee qui m'a fait un topo. Il est pire qu'une mère supérieure dans un couvent. Je dois voir avec les gars et Pete pour qu'on puisse partir sans que ça fasse couler l'hôtel, le groupe ou les deux. On va descendre au bar, je devais voir Kyle et Pete ce soir de toute façon. On ne sera pas trop de quatre pour trouver une solution, et mets un tee-shirt, on n'est pas chez les Villages People, dit-il essoufflé par sa tirade.

— Tu dis ça parce que tu es jaloux de mon corps d'athlète ? me moqué-je en bombant le torse.

— Non, je dis ça parce que mon frère va être tout émoustillé et on a besoin qu'il ait toutes ses facultés mentales.

— À propos, en parlant de ton frère, il m'énervait tellement hier que je lui ai dit pourquoi Stones s'était barrée. Désolé, mon pote, dis-je en baissant la tête.

— Je sens que la soirée va être sympa… Il ne manquait plus que ça. Oh, et puis ne t'en fais pas, il aurait fini par le savoir. Ce gars ne se mêle jamais de son cul. J'ai hâte qu'on puisse partir.

Le regard qui me lance montre qu'il est lui aussi déçu de ne pas pouvoir partir sur-le-champ. Peu importe le temps qu'il faudra, on la retrouvera. Après tout, si la famille Smith ne peut pas trouver du personnel en urgence pour son hôtel, personne ne le pourra. Même quand on sera là-bas, il va falloir la jouer fine. Je sens que Stones ne va pas nous faciliter les choses, elle n'est pas allée se cacher dans un endroit aussi reculé pour des vacances. Il y a sûrement quelque chose qui l'a bouleversée au point de ne plus vouloir travailler ici ni même vivre ici, quelque chose de plus qu'une femme prude qui serait choquée par un club libertin. Je pense aussi qu'il va falloir qu'on ait un plan plus solide que « on verra quand on y sera ». Je sais qu'on n'est pas dans *Game of Thrones*, mais être sur la même longueur d'onde pourrait aider. Peut-être que cette semaine de battement n'est pas plus mal après tout. J'enfile un tee-shirt noir et emboite le pas à Jax. Il faut qu'on parte le plus vite possible, sinon on va tous les deux devenir tarés. Déjà qu'à l'heure actuelle, on n'a pas l'air très sains d'esprit.

Chapitre 10
« Thunderstruck », AC/DC

Jax

Nous voilà de nouveau au bar, on ne passe pas du tout notre vie ici. Je prends un siège et explique la situation à Kyle et Pete en occultant volontairement le dossier Stones au K pour le moment. Il faut à tout prix que je la retrouve. Je ne vais quand même pas rester sur la béquille pendant des semaines. Je vous rappelle que ma bite a décidé qu'elle ne voulait personne d'autre que Stones. *Ta bite, tu dis ? Mais bien sûr !* me dit cette foutue conscience. Ok, ok. Comme l'a dit Dan, il est possible, j'ai bien dit possible, que j'ai Stones dans la peau, ce serait bien la première fois. Cette furie te rend accro plus vite que la coke, elle s'insinue dans tes veines en moins de temps qu'il ne faut pour le dire, et avant même que tu ne le réalises, tu es foutu comme Dan et moi. Le barman nous dépose des verres de tonic sans gin car je pense qu'on a besoin d'une détox après la journée d'hier. Eh ouais, c'est moi qui viens de dire ça. On dirait une de ces Instagrammeuses qui vantent les mérites de jus dégueu et souvent verts, mais revenons à notre business :

— Comme Lee l'a fait remarquer, c'est le pire timing pour partir. Je sèche complètement. Des idées ? dis-je, avant de boire une gorgée de tonic.

— C'est où la Cappadoce ? Dan, tu peux me montrer des photos ? J'ai peut-être une idée du moins pour la partie groupe de l'histoire, le reste c'est votre business, affirme Kyle avec beaucoup trop d'entrain.

Il est clair qu'on ne peut décaler ni la séance photo ni le tournage du clip parce qu'on est déjà short. Le montage prendra du temps parce qu'on est perfectionnistes sur les visuels et les clips ou chiants selon le point de vue. On aime surprendre nos fans avec des albums qui sont plus que de simple CD : de vrais objets collector. Il faut aussi qu'on finisse l'album. Bref, on est à la bourre, comme d'hab'. Dan dégaine son iPhone et nous montre les photos. C'est vrai que ce n'est pas si mal si on aime le genre désertique où on se fait chier. Kyle lâche enfin le morceau après avoir fait semblant d'y réfléchir pendant des plombes :

— Et si on déplaçait le clip, la séance photo, le groupe quoi, en Cappadoce. Le décor va être top avec la lumière et puis d'habitude on ne fait que des photos en intérieur. Nos fans ne s'y attendront pas. Ça nous permettrait en plus d'être focus sur l'album. Enfin aussi focus que tu puisses l'être quand Stones est dans le coin. D'ailleurs, il va falloir qu'on parle de ce qui s'est passé. Mais ce n'est pas le moment. Il est peut-être même possible de faire installer du matos dans son hôtel ! propose-t-il avec son air « c'est qui le boss ».

— Ouais, tu n'as pas tort, il faut juste voir si le groupe est d'accord et surtout si l'équipe de tournage et le photographe sont partants. Appelle-les. On avisera ensuite, dis-je en refusant de crier victoire trop tôt.

— C'est comme si c'était fait, je sens que ça va être le kiff ! débite-t-il comme s'il avait gobé un exta.

Kyle s'éloigne pour passer des coups de fil. Reste un autre problème épineux car il faut pas mal de staff pour qu'un hôtel de luxe fonctionne. Si les deux boss partent – je m'imagine mal Pete ne pas aller retrouver son fichu prince charmant – la direction et le concierge manqueront à l'appel. Je ne parle même pas du fait que Stones nous a lâchés dans tous les sens du terme. Et même si on trouve une solution à court terme, on ne pourra pas s'absenter longtemps. L'année d'ouverture d'un hôtel est toujours cruciale et je n'oublie pas non plus que je suis dans la ligne tir de ce cher Jacob.

— Bon, maintenant, le *Wonderwall*. Pete, des idées ?

— Je ne vais pas te parler de ce qui s'est passé avec Stones. Aujourd'hui, je vais la jouer grand seigneur parce que tu me fais pitié. Bon, si on récapitule, il nous faut deux concierges et un directeur qui nous remplacera le temps du voyage. On pourrait appeler Papa, expose-t-il songeur.

Non, mais sérieux, il m'énerve. Ce bon vieux Jacob n'attend qu'une chose : que je me plante. Et on va lui dire la bouche en cœur qu'on part en voyage pour retrouver des gens qu'il ne connaît pas pour les ramener contre leurs volontés. Dit comme ça, ça ne fait pas du tout penser à un kidnapping. Et pour parfaire le tableau, on ajoutera qu'on a besoin qu'il nous rende service ?

Une idée de merde ! Parce qu'avec Jacob rien n'est jamais gratuit.

— Papa et puis quoi encore ? Donne-moi du cyanure tout de suite, ça ira plus vite, argué-je en levant les yeux au ciel.

Dan éclate de rire en se tenant les côtes. Il est vrai que sa relation avec son père est aussi féérique que la mienne. On vit toujours le plus loin possible d'eux et évitons au maximum d'être dans la même pièce, sauf urgence vitale genre transfusion sanguine. Pete se rend compte de sa connerie. Même s'il a une relation plutôt correcte avec le paternel, il sait que ça finirait par nous retomber dessus tôt ou tard :

— Ok, tu n'as pas tort. J'ai un ami qui dirige un hôtel sur Paris. Il est fermé ce mois-ci pour travaux si je me souviens bien. Il pourrait peut-être nous dépanner. Au pire, je garderai le navire, même si j'ai besoin de retrouver Jake au moins autant que tu veux retrouver Stones. J'ai bien vu qu'elle te faisait du bien. Je l'appelle tout de suite.

Pete me tape sur l'épaule. Séquence émotion terminée ! Je suis un connard en puissance, mais je sais reconnaître que je ne mérite pas mon frère. Il n'hésiterait pas à se sacrifier pour que je puisse la retrouver, même si ça implique qu'il doive faire l'impasse sur Jake pour le moment. Dans tous les cas, il faudra une semaine pour former le nouveau personnel et gérer les trucs du groupe. Comme tout groupe de rock qui se respecte, on a tous des caractères de merde. Nous mettre d'accord sur des titres ou des visuels prend toujours un temps de dingue. Ça laissera aussi le temps à mon cocard de disparaître car Jax, le chanteur des Black Suits, ne peut décemment pas apparaître dans un clip avec une gueule de freefighter. Comme dirait Kyle, heureusement que tu as une belle tronche, sinon je ne sais pas ce qu'on ferait de toi. Pour le coup, il n'a pas tort. Le fait qu'on doive attendre aussi longtemps avant de partir me décourage d'avance.

Ma furie rendait la vie tellement plus supportable. Je regarde Dan qui a l'air aussi désespéré que moi :

— Tu sais qu'il faudra qu'on reparle de ce qu'on fera une fois qu'on la retrouvera parce que je veux qu'elle revienne, mais je sais que ça ne dépend pas que de moi, lance-t-il l'air grave.

— On aura cette conversation, mais pas aujourd'hui ! énoncé-je, déjà découragé par cette perspective.

Dan accepte d'un hochement de tête. On l'aura, mais je l'attends avec autant d'impatience qu'un rendez-vous chez le dentiste. Ça va forcément nous ramener de nouveau à notre passé commun, à mon passé de camé et à nos affrontements répétés à propos d'une garce dont je préfère éviter de mentionner le nom. Ce sont des choses que j'ai enterrées si profondément que même un archéologue serait incapable de les déterrer. Rien que le fait d'aborder le sujet un peu plus tôt m'a mis en vrac. Je suis sauvé de notre tête-à-tête par notre fine équipe qui revient de ce pas avec des solutions.

Enfin, je l'espère. Parce que sinon on est vraiment dans la merde.

— J'ai vu avec le groupe, Karl est super inspiré. Il a dit qu'il bossait déjà sur un *story-board* avant qu'on puisse faire les repérages. Koll m'a encore embrouillé avec une histoire obscure de voyage initiatique, mais il avait l'air content, enfin avec lui on ne sait jamais. Pour le photographe et l'équipe, ils ne pourront pas partir avant la fin de la semaine car ça nécessite de préparer une autre mise en place et du matos spécifique. Ils proposent de venir demain matin pour parler des détails.

— Ok, déjà une chose de réglée.

Je clôture le truc d'un check. Pete revient en souriant comme un petit garçon qui découvrirait son premier cadeau de Noël, ce qui sent la bonne nouvelle.

— Mon ami a dit qu'il peut nous envoyer son directeur adjoint et ses deux concierges demain. Apparemment, ça tombe bien parce qu'ils cherchaient des intérims pour mettre un peu de beurre dans les épinards en attendant que l'hôtel rouvre ses portes.

J'espère qu'il ne va pas devoir passer à la casserole avec ledit ami pour ça. Enfin, ce n'est pas mon business.

— Impec'! Donc le temps de les former, de préparer le groupe, on devrait quand même pouvoir partir en fin de semaine. Je vous propose qu'on en reste là pour ce soir et qu'on rattrape le sommeil en retard si possible chacun dans notre chambre.

Tout le monde se bidonne à la mention de cette soirée qui a fini en bordel complet. L'ambiance est un peu plus relax depuis qu'on a un semblant de plan. Pete ne m'a pas fait la morale pour une fois, donc je m'en tire bien. Kyle a accepté d'oublier la conversation que nous devions avoir pour ce soir. *J'apprécie, mec.*

Je prends l'ascenseur avec Dan. On ne sait plus quoi se dire à force. Il est difficile de savoir où on se situe sur l'échelle qui va des ennemis aux amis. Il me salue de la tête et se dirige vers sa chambre comme une âme en peine. En temps normal, je l'aurais entraîné dans une tournée des bars à la *Very Bad Trip*, mais là je sais que ce serait la plus mauvaise des idées. On a la même obsession, et à moins d'un miracle, ce truc va nous exploser en pleine face plus vite que de la dynamite.

Je regagne ma piaule. Je vais essayer de dormir, ce qui va s'avérer compliqué avec l'image de ma furie qui n'est jamais loin. Je me désape, m'allonge dans des draps frais auxquels il manque une odeur de plage bien trop présente dans ma mémoire olfactive. Je me retourne plusieurs fois, bien décidé à trouver le sommeil. Une heure passe et je suis toujours là comme un con à mater le plafond. Je me lève, me verse un verre de cognac et m'allume un joint. Aux grands maux, les grands remèdes. Autant, j'arrive à peu près à fonctionner sans coke, mais il me faut quelques tafs de cigarette de l'espace pour me détendre quand l'heure est grave comme aujourd'hui. Quelques bouffées, quelques gorgées de ce délicieux nectar et je me sens déjà plus détendu. Je me décide donc à aller chercher ma guitare pour être au moins productif à défaut d'être reposé. J'ouvre mon étui. Je passe mes doigts sur Melpo.

C'est le nom que j'ai donné à ma Fender qui est à l'origine de tous nos tubes. Je l'ai surnommée comme ça en clin d'œil à Melpomène, la déesse du Chant ou de la Tragédie, je sais plus trop, mais en tout cas ça claque. Je la branche sur Marshall et gratte quelques accords. Heureusement que j'ai demandé que mon penthouse bénéficie de la même isolation phonique que le studio lors de la construction de l'hôtel, sinon même les clients auraient eu des raisons de vouloir me défoncer la tronche. Je prends mon calepin et note quelques phrases et quelques notes sans trop me faire de nœuds au cerveau.

You left and I feel like nothing

Breathing without you mean nothing

A world where you're not is nothing

Be back and make into something

Et la chanson se dessine dans ma tête comme une ballade rock, la première vraie ballade que j'arrive à sortir. Je suis soufflé. Je n'arrive plus à m'arrêter un couplet, deux couplets, un refrain rejoint par deux autres couplets. Seulement une heure, et cette chanson me semble déjà wow. J'ai hâte de la faire entendre aux gars. Je ne suis, par contre, pas du tout pressé de subir le flot de questions qu'ils vont me balancer. Bon, bien sûr, il manque les arrangements, mais je suis sûr que Koll va me faire un truc de malade. Content de moi, je range Melpo dans son étui et m'allonge de nouveau sur mon plumard. Je prends les feuilles de papier griffonnées et les pose sur ma table de nuit. La nuit qui suit l'écriture d'une chanson, j'ai toujours besoin de l'avoir à proximité comme si elle avait déjà sa propre existence. Mes paupières se ferment et je m'endors instantanément avec ma furie.

Par la pensée, en tout cas.

Chapitre 11
« Damaged Goods », Gang of Four

Stones

Pendant que Jake prend sa douche, je suis allongée sur le lit. Je profite du moment de répit qui s'offre à moi. J'essaie de me préparer à ce qui m'attend. Je sais que je vais devoir tout lui raconter, mais aussi me confronter à moi-même. Je ne suis pas sûre d'être prête pour ça. Je regarde le bracelet que Jake vient de m'offrir et effleure lentement les deux petits triangles turquoise. J'aurai sans doute moins de mal à me confier sur ce qu'il vient de se passer si mon meilleur ami n'était pas libertin. D'un autre côté, je suis curieuse de connaître son ressenti sur la situation. Depuis que j'ai quitté le K, je ne cesse de ressasser les mêmes choses encore et encore comme dans ce film où une pauvre fille revit la même journée, les mêmes choses encore et encore. Vous vous dites sans doute que ce n'est pas très constructif et que ça ne mènera nulle part ? Exactement. Tout à coup, l'idée d'embaucher une armée de thérapeutes me paraît très sensée. Oui, une armée. Un seul serait pour les petites joueuses, pas pour les gens qui sont à un cheveu de la camisole comme moi en ce moment. Jake passe devant moi vêtu d'une serviette. Il y a du progrès depuis la tenue d'Adam d'hier soir. Il me regarde avec son air machiavélique, ça n'annonce rien de bon.

— Je me suis arrangé avec la femme de ton patron, on va pouvoir dîner sur la terrasse sur le toit de leur autre hôtel.

On y sera tranquilles et je pourrai te passer sur le grill. Toi qui parlais de techniques d'interrogatoire, je serai plus qu'heureux de tester les miennes.

— Quand est-ce que tu as discuté avec elle ? me méfié-je.

— Tout à l'heure quand tu parlais avec le type de la réception. Je ne perds pas de temps en palabres, moi.

— Dis surtout que tu aimes faire des coups en douce. Sur la terrasse, tu sais que les possibilités de repli sont limitées et que tu auras moins de mal à me faire cracher le morceau.

— Tu seras coincée avec moi, glousse-t-il.

Je ris jaune car je n'ai pas du tout hâte d'y être.

— Tu as prévu une chaise, des menottes et un bâillon ?

— Je n'y avais pas pensé, mais il n'y a pas à dire, ton programme ne manque pas de piquant. Allez, file à la douche, je t'attends et j'ai la dalle à cause de notre trek dans le désert. Je suis épuisé. Je vais te préparer un look à la hauteur de notre soirée. Dépêche-toi avant que je me tombe d'inanition.

« Inanition », « trek dans le désert » ? Il ne faut pas pousser quand même. Je me dirige vers la douche en riant. Je me savonne avec le gel douche de Jake aux délicieuses notes de monoï. Son parfum de soleil arrive toujours à me détendre quand l'heure est grave. Je ne me lave pas les cheveux parce que sinon demain, on est encore là. Ma tignasse est impossible à dompter. Je me sèche et enfile le peignoir de l'hôtel. J'ai hâte et à la fois peur de découvrir ce qu'il appelle « un look à la hauteur de notre soirée ». Je rentre dans la chambre où il est allongé sur le lit en train de checker ses mails. J'avise un jean noir huilé et un tee-shirt ample légèrement pailleté. Il a fait sobre, mais le choix du noir, c'est noir, il n'y a plus d'espoir me file la frousse. J'enfile le jean qui me va étonnamment bien et le tee-shirt super léger. Pas besoin de vous dire que Sa Majesté ferait une crise si j'associais mes Converses à cette tenue. J'opte donc pour une paire de compensées. Une touche de maquillage et un coup de peigne plus tard, me voilà devant Jake prête pour ma mise à mort :

— Prête, ma belle ?

— Oui, enfin aussi prête que possible.

Je suis aussi impatiente que si je me rendais à une séance d'épilation du maillot. Il m'emmène sans ménagement vers la terrasse. Je manque de trébucher plusieurs fois. Si j'arrive là-bas sans être blessée, ce sera un miracle. Je lui dis plusieurs fois de ralentir, qu'il n'y a pas le feu. En réponse, je n'ai que des grognements. Quand il a une idée en tête celui-là, il est pire qu'une équipe du SWAT à lui tout seul. Après avoir descendu des rangées et des rangées de marches en roche puis gravi d'autres rangées de marches, nous sommes enfin sur la terrasse. Je suis aussi essoufflée que si j'avais couru un marathon, mais je suis saine et sauve.

— Tu étais obligé d'aller si vite ? dis-je en essayant tant bien que mal de reprendre mon souffle.

— Tu me balades depuis Bruxelles et tu ne cesses d'esquiver. Du coup je me sens comme à la veille de la Fashion Week, je ne tiens plus. Abrège mes souffrances, belle Stones, déclame-t-il en s'agenouillant.

— C'est bon, c'est bon, relève-toi. Allons plutôt prendre un verre de vin pour me donner un peu de courage pour ton interrogatoire.

Il est mort de rire. Ce type est impayable. Je regarde la table dressée avec soin avec des bougies, un assortiment de mezze ainsi que deux bouteilles de vin dans un seau à glace. Il n'y a pas à dire, ils ont vu large. Ça ressemble à un dîner aux chandelles. Le personnel pense qu'on est ensemble. C'est officiel. Ils ont dû vouloir nous faire plaisir. Évidemment, ils ne se doutent pas de la tournure de la soirée qui s'annonce tout sauf romantique. Je prends une gorgée de vin pour me donner le courage de me lancer :

— Vas-y, accouche, maintenant tu vas me dire ce que ce type t'a encore fait ? questionne Jake d'un air féroce comme un tigre tout mignon.

— Tu te souviens de samedi soir ? Je t'avais dit que Dan m'avait invitée après le concert et que j'avais vraiment envie de tenter quelque chose avec lui.

— Oui, je m'en souviens très bien. D'ailleurs, tu n'as pas voulu m'inviter, j'étais triste.

— Je ne suis déjà pas très douée avec les hommes, mais avec toi dans les pattes qui m'aurais poussé à lui sauter dessus, je ne le sentais pas très bien.

— Tu exagères, moi qui suis l'innocence même. Du coup, je dois refaire le portrait de Dan, je me méfiais du mauvais gars.

— Si tu m'interromps toutes les deux minutes, on ne va pas s'en sortir ! Déjà que ce n'est pas facile.

J'avale mon verre de vin cul sec en me disant qu'ils ont bien fait de prévoir deux bouteilles. Quand il faut y aller, il faut y aller.

— Ok, donc à la fin de la soirée, je suis allée voir Dan pour lui dire que j'étais prête. On a appelé un taxi. Il semblait bizarre pendant le trajet. Je me disais que c'était parce qu'il était nerveux. C'était quand même étrange étant donné qu'il est d'un naturel sûr de lui. Arrivés devant le club, Jax nous attendait.

— Alors, c'est bien ce que je disais, je dois régler son compte à Jax.

— Tu me laisses finir, oui ou merde ? Ensuite, je me suis retrouvée avec un Apollon à chaque bras pour la première fois de ma vie. Nous sommes entrés dans un club bizarre où une femme style actrice porno chic nous a accueillis. Et là, je me suis retrouvée au beau milieu d'un putain de club libertin : le K, à l'évidence. La suite, tu la connais, dis-je encore toute retournée.

Il se lève, m'emporte sur ses genoux, je me mets à sangloter et colle ma tête contre son torse. Il me caresse les cheveux doucement en me disant qu'il est là et que tout ira bien. Il me berce pour me calmer. Son parfum m'apaise et mes larmes se tarissent enfin. J'ai dû épuiser mes réserves d'eau ces derniers jours. Chaque fois que je suis triste, il suffit qu'il me prenne dans ses bras pour que je me sente mieux. J'ai eu tort d'attendre autant de temps avant de me confier. Le dire à haute voix me fait beaucoup de bien. Il me met face à lui. À califourchon sur lui, face contre son torse, la position a tout d'équivoque. Il me regarde dans les yeux :

— Tu es consciente qu'on n'amène jamais quelqu'un dans un club libertin sans lui dire avant, surtout une novice comme toi, ma chérie. Ça demande de la préparation et une confiance à toute épreuve envers ton complice ou ton partenaire. Ils sont vraiment encore plus cons que je ne le pensais. Si je les revois un jour, je ne vais pas les rater. Mais, finalement, ce n'est pas ça le plus important ; qu'est-ce que tu as ressenti ?

— Je me suis sentie perdue comme si un de mes cauchemars était en train de se réaliser. Je n'ai pas supporté. C'était trop d'un coup, je n'étais pas prête. Merde, quelqu'un te dit qu'il t'emmène dans un club et tu te retrouves en plein milieu de tout ce que tu fuis depuis tellement d'années. Tout le monde n'est pas équipé pour ça.

J'enfouis mon visage dans mes mains, mes émotions tourbillonnant comme le sirocco.

— Je sais que tu dois te dire encore une fois que je suis prude et que je devrais devenir libertine comme toi ! explosé-je.

Il se crispe, je pense que je suis allée trop loin. J'avais raison de redouter ce côté de sa personnalité. Il doit prendre ça pour une attaque personnelle alors que je suis juste paumée. Je ne sais plus où j'en suis, pas plus que qui je suis. Je suis sur le point de revenir sur ce que j'ai dit quand les feux de la colère s'abattent sur son regard.

— Putain, Stones ! Tu crois que c'est pour te modeler à mon image que je te dis que tu devrais être libertine ? Si tu crois ça, c'est qu'on n'est pas si proches que je le croyais. Tu as ça en toi et ça n'a rien à voir avec la génétique. J'en ai marre de me taire pour te ménager. Tu crois que c'est facile de dormir à côté d'un corps, d'une femme que je désire depuis l'adolescence ? Tu crois que je vis ça bien de t'entendre te dénigrer alors que je n'ai qu'une envie : te montrer ce que ça pourrait être d'aimer ton corps ? La vérité, c'est que tu rejettes tout ça juste parce que tes parents font partie de ce monde. Je comprends que tu aies été choquée parce que tu ne savais pas où tu mettais les pieds, mais de là à me le mettre sur le dos ! C'est cruel et ça ne te ressemble pas.

Alors, celle-là, je ne m'y attendais pas. Je me lève car je ressens le besoin de m'éloigner de lui. Je fais quelques pas dans l'espoir de reprendre pied. Je m'accoude au muret de la terrasse et regarde au loin le soleil se coucher. Jake me veut. Je croyais qu'il s'amusait juste à me taquiner.

Je me sens comme une fichue boussole qui aurait perdu le nord. Jake se colle contre mon dos et m'enlace en me déposant un baiser à la naissance de ma crinière.

— Ma chérie, je suis désolé de t'avoir balancé ça comme ça. Oui, je suis libertin et je n'ai aucun problème avec ça. Mais te voir te torturer depuis tant d'années pour un corps que je ne pense qu'à vénérer et qui me donne des envies inavouables devient insupportable. Le pire, c'est que je sais très bien que ce monde est le tien. Tu seras toujours ma meilleure amie, une partie de moi-même. Ne te fais pas de fausses idées, je pense que quand je serai prêt à me poser, si je le suis un jour, ce sera avec un homme. Mais je te veux en plus comme complice, ton corps en harmonie avec le mien. J'ai besoin de toi de cette façon, en totale communion sans la moindre barrière. C'est la seule chose qui me manque pour me sentir entier.

Il est visiblement soulagé par sa confession.

— Pourquoi tu ne m'en parles que maintenant ? Tu attendais qu'il gèle en enfer ?

— Parce que tu avais l'air de rejeter tout ce qui avait à voir avec le monde libertin. Tu me stoppais dès que j'essayais d'aller plus loin. Tu te focalises sur tes complexes. Tu agis comme si tu étais indigne de l'intérêt des autres. Tu pourrais être tellement plus que ça, t'assumer et mettre le monde à tes pieds. Je suis d'ailleurs persuadé que tu as aussi ressenti de l'excitation au club et que ça fait partie des raisons pour lesquelles tu es si troublée…

Je suis sous le choc une nouvelle fois. Ce que Jake vient de dire, cette conversation invraisemblable sur le monde libertin et notre attirance mutuelle, c'est trop pour moi. Si je le pouvais, je prendrais encore le large, mais c'est impossible. Il va falloir faire face à tout ça et pas plus tard que maintenant. Je sais qu'il n'a pas tort. Quand j'y repense, dans ce club, j'ai ressenti de la peur mais aussi des frissons d'excitation. C'est comme si tout ce que je croyais, tout ce que je pensais savoir sur moi-même n'était que mensonges.

— Tu n'as pas tort, mais dans ce cas-là, qu'est-ce que je suis censée faire ? Tu oublies que je ne supporte même pas de me regarder nue dans un miroir. Je ne suis sûrement pas faite pour ça…

— Je ne te dis pas que tu dois sauter les deux pieds dans mon monde comme si tu te jetais dans le vide. Commençons par le commencement, tu éprouves des sentiments pour Jax ou Dan ? Parce que je te suis plus vraiment.

— Je suis furax contre eux pour le moment. Je me sens trahie. Je ne ressens que de la colère pour le moment. J'avais même envie d'acheter une poupée de Cappadoce à la vieille flippante qu'on a croisée ce matin. Il doit y avoir des tutos vaudou sur Internet. En fait, ce n'est pas clair… Jax est intense, ténébreux, quelque chose dans ses failles m'attire comme un aimant. C'est comme si une force magnétique nous reliait l'un a l'autre. Dan, c'est autre chose. Je me sens en sécurité avec lui, il lit en moi comme dans un livre ouvert. Avec lui, je ne pense même plus à mes complexes. Je me sens aimée et désirable. Comme si j'étais invincible. Ils sont l'ombre et la lumière.

— Tu n'es pas dans la merde. Au fait, ils ne se sont pas foutus de toi, le K c'est vraiment *the place to be* pour les libertins, que du beau monde.

Je me joins à son fou rire en me disant qu'on est dans une maison de fous. Mon meilleur ami vient de m'avouer qu'il avait envie de me mettre dans son lit pour autre chose que dormir. Je viens de m'avouer et de lui avouer que je craquais sur deux mecs à la fois. L'heure est grave, l'armée de thérapeutes dont je parlais plus tôt va bientôt s'avérer nécessaire. Je devrais passer dans le nouveau look pour une nouvelle vie du sexe. Je passerais dans les mains de plusieurs experts du libertinage. Et hop, en un clin d'œil, à la fin de l'émission, je serai une libertine accomplie dont mes parents seraient fiers. Mais qu'est-ce que je raconte ? Je déconne à plein tube.

— C'est bien beau tout ça, mais qu'est-ce que je suis censée faire de ça ?

Le dilemme d'Anastasia dans *Fifty Shades*, c'est de la gnognotte à côté de ce que je suis en train de vivre. Une femme ronde comme moi n'est pas préparée à ce genre de truc surtout avec deux... Ah non, c'est vrai, maintenant trois Apollons qui la désirent. Jake semble réfléchir comme s'il était en train d'inventer une nouvelle théorie de la relativité :

— Vivre. Tu devrais essayer, c'est génial. Je ne parle pas de vivre sur pause comme tu le fais depuis ta naissance. Je parle de lâcher prise et de te laisser guider par tes désirs pour faire tout ce dont tu as envie. Reprends le pouvoir, ma chérie.

Il n'a pas vraiment tort. Je crois que j'avais besoin d'un électrochoc. Je m'interdis de vivre pleinement, tout ça à cause de quoi ? Mes kilos en trop, mes rondeurs qui me donnent un manque en confiance en moi de la taille du Canada. Ça a assez duré, je suis jeune et j'ai bien l'intention d'en profiter. Jake a raison je vis sur pause depuis trop longtemps. Je vais commencer par ces vacances parce qu'il faut bien commencer quelque part ! Et là je suis vraiment bonne pour cette camisole cloutée dont je ne cesse de vous parler. Mais j'ai besoin de temps pour digérer tout ça parce que c'est du lourd.

— J'ai juste besoin de temps pour assimiler tout ça, ça fait beaucoup...

— Je comprends.

Avant de ne pouvoir m'en empêcher, je dis :

— J'ai besoin de toi pour apprendre à lâcher prise, mais je veux y aller doucement. Je ne suis pas vraiment sûre que ce soit pour moi.

— On va y aller pas à pas, tu sais bien que je ne te brusquerai pas. Je t'aiderai à devenir toi, la vraie toi.

Les yeux de Jake sont voilés d'une lueur que je ne connaissais pas. Chaleur, désir et danger s'y mélangent. Je me rends compte que depuis toutes ces années l'attirance physique était mutuelle, surtout si j'en crois le taux d'humidité de ma culotte, là maintenant. Nous dégustons tout d'abord des böreks, délicieuses bouchées croustillantes garnies d'épinards. Jake ne cesse de me regarder comme s'il envisageait de me bouffer. Nous dégustons un délicieux vin blanc frais. Nous nous régalons ensuite du traditionnel Menemens à base d'œufs brouillés. À chaque fois que je bois une gorgée, je ne peux m'empêcher de détailler le corps athlétique, le visage parfaitement dessiné et surtout les lèvres de Jake. Mais qui est cette femme qui dîne avec mon meilleur ami et qu'avez-vous foutu de Stones ? Peut-être que mon côté libertin était là tapi dans l'ombre et qu'il ne demandait qu'à éclore. Jake me caresse la main et si son regard pouvait m'incendier, je me serais déjà consumée. L'atmosphère a totalement changé depuis que j'ai évoqué l'idée d'un possible. Sa main se déplace en glissant sur la nappe sans qu'il me quitte des yeux une seule seconde. Elle trouve ensuite ma cuisse qu'elle caresse lentement.

— C'était beaucoup d'émotions autant pour toi que pour moi, et si on allait se coucher ?

— Oui, c'est clair, si on m'avait dit la tournure que ça prendrait, je ne l'aurais pas cru, dis-je avec un petit rire pour la forme.

Je lui caresse la main et il la prend pour nous guider vers les escaliers. Le trajet est beaucoup plus lent et tendu qu'à l'aller, comme si tout allait changer, comme si tout avait déjà changé.

Chapitre 12
« Rock the Casbah », The Clash

Dan

Ça fait quelques jours que je survis sans Stones. Survivre, c'est le mot, et encore je survis difficilement. Je me lève, je mange et je vais me coucher en évitant de penser à elle. Je ne compte même plus le nombre de branlettes sous la douche et les rêves érotiques dont elle est le personnage principal. J'ai même fumé plusieurs joints avec Jax, ce que je n'avais pas fait depuis des années. Je suis sur la mauvaise pente. Si je ne la revois pas très vite, je vais devenir complètement dingue à force d'envisager tous les scénarios possibles et inimaginables. Je forme tant bien que mal les deux concierges qui vont me remplacer. Je dis tant bien que mal parce que je marche au radar et aussi parce que ça me tue de travailler avec quelqu'un d'autre qu'elle ici. Le *Wonderwall*, c'est notre endroit, là où tout a commencé, si tant est que quelque chose ait commencé.

Je me sens en position de faiblesse dans cette histoire. Tout d'abord, je me retrouve face à une rockstar à qui toutes les femmes balancent leur culotte, leur soutif et Dieu sait quoi d'autre sur scène. Ensuite, il l'a déjà eue. Normalement, c'est contre les règles des doms de rester dans la partie. On n'en est plus là de toute façon car on n'a suivi aucune de nos règles depuis le début. La première d'entre elles est la franchise. Et sur ce coup-là, on n'est carrément pas réglo, aussi bien lui que moi. Je ne compte donc pas abandonner la partie, pas quand ce que je ressens est si intense.

Un autre appel de mon paternel, alias Caleb le tyran, met fin à mes divagations. Je ne sais pas ce qu'il lui prend à celui-là, ça fait quelques jours qu'il n'arrête pas de m'appeler. Enfin, lui ou son assistant car je pense que je parle plus souvent à son larbin qu'à ce cher Caleb. C'est lui qui me tient au courant de mes obligations. Même si je refuse obstinément de reprendre l'entreprise aux conditions de mon père, il y a quand même des trucs auxquels je dois assister. Malgré mes tentatives d'y échapper, c'est impossible car autant je veux faire chier mon daron, autant il est inconcevable pour moi de faire couler l'entreprise familiale. Je refuse l'appel et retourne à mon business, à savoir finir de former Cléa et Gautier au poste de *Wonderwall* concierge. Gautier avait un poste similaire mais n'est pas très rock'n'roll. Il serait plutôt bourgeois parisien coincé avec un look brunch chez maman. J'ai cru qu'il allait nous faire un malaise quand il a vu de quoi se composait l'uniforme. Les vestes cloutées ne sont pas sa tasse de thé, le rock non plus d'ailleurs. J'ai donc dû lui expliquer de la manière la plus diplomate possible qu'ici les *guests* s'attendent à trouver une atmosphère cool et sans prise de tête. Ça n'a pas marché. Du coup, Jax s'en est mêlé avec beaucoup moins de tact en lançant « Tu te retires le balai que tu as dans le cul ou tu dégages ». Cléa, c'est plus compliqué, elle trouve tout cool et me lance des regards énamourés à longueur de journée. À mon avis, elle n'écoute rien de ce que je raconte. De toute façon, peu importe, demain je serai loin et en route pour retrouver ma déesse. Et si tout se passe comme je le souhaite, ces derniers jours ne seront plus qu'un lointain souvenir. On se motive.

Plus que quelques heures de torture, et seule une nuit me séparera de Stones.

Qu'est-ce qu'elle m'énerve celle-là ! Elle m'écoute ou elle rêvasse ?

— Cléa, pour les prestataires, tu vas sur l'icône avec un grand P, pas celle avec un grand R qui est celle des restaurants, dis-je en essayant de contenir mon énervement.

— Ouuiiii, Dan, dit-elle en se mordant la lèvre.

Si elle savait à quel point je suis hermétique à ses charmes. Premièrement, elle est à l'opposé de mes goûts en matière de femmes : trop mince, trop artificielle, trop tout. Pour ne rien arranger, elle me rappelle Julia. Deuxièmement, depuis que j'ai posé mes yeux sur ma créature de rêve, même Ashley Graham, le top qui peuplait mes fantasmes, pourrait se manifester devant moi que ça ne me ferait ni chaud ni froid. Plus que quelques heures à supporter Miss Cléa je-suis-irrésistible et je pourrai ensuite retrouver mon lit et mes rêves torrides. Je finis toujours carrément frustré, mais j'ai quand même hâte rien que pour avoir la sensation d'être avec elle. Après avoir perdu trop de temps en explications, je montre à la miss le livret qui répertorie tous les process. De toute façon, j'ai fini ma journée et je dois voir Jax pour qu'on se mette d'accord sur le départ et le reste. Je coupe l'herbe sous le pied de Cléa qui semblait être sur le point de m'inviter à boire un verre.

— Bon, j'ai rendez-vous avec Jax, je suis sûr que vous allez assurer. Au moindre problème, n'hésitez pas à demander à Dalia à la réception.

Le bourgeois coincé me répond avec une arrogance qui semble le définir :

— Ce n'est pas bien sorcier, mon poste habituel est bien plus complexe.

Miss Cléa répond avec un peu moins d'assurance :

— Mais, Dan…

Je prends la fuite avant qu'on me trouve autre chose à faire. Cette fois-ci, c'est sérieux, on a tous rendez-vous dans le bureau pour planifier le départ de demain. Je me prends un frappuccino à emporter. Depuis qu'elle est partie, cette boisson est devenue une habitude, comme si c'était un moyen de me sentir plus proche d'elle. Je fais tout ce que je peux pour garder la tête hors de l'eau. Stones n'a vraiment pas besoin de se retrouver avec deux mecs à sauver. Un seul suffit amplement.

En sortant de l'ascenseur, j'entends des voix fortes s'échapper du bureau de Jax. Qu'est-ce qu'il a encore foutu ? Il lui faudrait une nounou à plein temps. Je me précipite vers la porte. Et là je vois mon abruti préféré et Kyle qui semblent sur le point d'en découdre. Muscles tendus, regards de tueur, on est dans la merde. Koll est affalé sur le canapé et regarde une espèce de pendentif. Pete et Karl semblent se demander s'ils vont devoir intervenir tout en espérant ne pas devoir le faire. Dès qu'il me voit, Pete se jette sur moi.

— Dan, tu es là. Kyle a appris pour Stones. Dépêche-toi, fais quelque chose ! supplie-t-il en mode demoiselle en détresse.

— Ok, c'est bon, laisse-moi le temps d'arriver. Tu ne peux pas te bouger ? C'est ton frère après tout, murmurai-je.

C'est vrai, quoi. J'arrive à peine et on me refile le bébé avec l'eau du bain. Je veux bien être gentil, mais je n'ai pas envie de me prendre des coups qui ne me sont pas destinés. Je n'ai jamais vu Kyle dans cet état.

— Non mais sérieux, connard ! L'emmener dans un club libertin sans lui dire ? T'as craqué, tu es un putain d'abruti. Elle est partie à cause de toi, j'en étais sûr. Et regardez qui nous rejoint ! Connard numéro deux ! Pourquoi tu l'as laissé faire ?

— Tu fais chier, Kyle. Il m'a mis devant le fait accompli et s'est fait passer pour moi en invitant Stones dans un nightclub. Tu crois que je ne m'en veux pas assez comme ça ? Je crève à petit feu depuis qu'elle s'est fait la malle.

— Putain, je vous rappelle que je suis là, explose-t-il en le prenant par le col. Kyle, ne me dis pas que tu veux aussi te la faire, sinon je ne réponds plus de moi !

Je vais devoir m'interposer. Je n'en ai pas la moindre envie, mais sinon on ne va jamais s'en sortir. Je pousse Jax pour donner un peu d'espace à ce pauvre Kyle. C'est le moment de faire appel à mon sens légendaire de la diplomatie.

— Tu te calmes, Jax. Si tu crois que c'est en voulant régler tous tes problèmes avec tes poings que tu vas la récupérer, tu te goures complètement.

Kyle s'avance pour répondre à sa question débile. Même moi, j'avais compris qu'il n'en voulait pas à sa culotte.

— Il n'y a pas que le sexe dans la vie, Jax ! Stones est une femme touchante. Je l'adore et elle vit les mêmes choses que j'ai dû vivre. Crois-moi, c'est loin d'être une partie de plaisir.

— Il n'y a pas que le sexe dans la vie ! Dixit un des plus grands assidus du K ! Voyez-vous ça !

Il se fout ouvertement de sa gueule, ça va mal finir.

— Ça n'a rien à voir. Je ne les prends pas au piège, moi. Elles sont consentantes et en redemandent. Elles ne se barrent pas à l'autre bout du pays, persifle Kyle en pointant un doigt vers l'horizon.

Jax se frotte les tempes, se poste devant la fenêtre et finit par s'avouer vaincu.

— Touché. Je sais que j'ai merdé. J'essaie de me rattraper comme je peux et tu sais bien que ce n'est pas mon fort. Allez, les gars, si on oubliait tout ça et qu'on s'organisait pour notre départ vers le trou du cul du monde. Il sera toujours temps de se foutre sur la gueule plus tard, plaisante-t-il à moitié.

On s'attable dans la salle de conférence. Enfin, tous à part Koll qui est toujours dans le canapé en pleine contemplation de son fichu truc. Apparemment, ça n'a l'air d'interpeller personne à part moi. C'est vrai qu'après tant d'années à travailler ensemble, on s'habitue, enfin si on peut s'habituer à un personnage aussi bizarre.

Jax nous explique que Lee a réservé des suites sous un faux nom, ce qui empêchera aussi Stones de prévoir de se barrer avant qu'on arrive. Pete nous explique que tout est réglé pour l'hôtel, l'intérim sera assuré dès demain. Le départ est prévu demain à 5 h du mat', ce qui nous permettra d'éviter le trafic. J'explique que j'ai continué à les tracer et que sauf erreur de ma part, ils sont toujours en Cappadoce. Le reste de la réunion concerne le groupe, je décide donc de prendre congé non sans adresser un regard noir à mon rival lui signifiant qu'il n'a pas intérêt de me faire un sale coup. Après tout, son passé joue clairement contre lui. Je referme la porte et me dirige vers ma chambre. Je suis en pleine incertitude concernant ce qui va se passer. Avec Jax, on s'est foutu la tête dans le sable toute la semaine en évitant de parler d'elle. Je pense donc que je vais passer cette soirée de la même façon que les autres, à savoir quelques taffs de cigarette magique, du Metallica et un gin tonic ou deux. Un peu de sommeil ne sera pas du luxe si je veux être en forme à l'aube. Je me pose sur mon lit, allume ma gentille cigarette et démarre par *Nothing Else Matter*. Je laisse mes pensées divaguer vers ma dulcinée en me disant que rien d'autre n'aura d'importance quand elle sera bien au chaud dans mes bras. Je refuse encore un appel du patriarche. Je ne suis pas vraiment d'humeur pour une conversation avec lui. Je préfère donc mettre l'iPhone au dodo et profiter des vertus apaisantes de la weed. Je sais que c'est reculer pour mieux sauter car je serai bien obligé de lui répondre tôt ou tard, mais aujourd'hui j'ai juste besoin qu'on me foute la paix.

Chapitre 13
« 45 », Gaslight Anthem

Jax

Les *story-boards* sont enfin pliés pour le repérage. Comme d'habitude, on a eu un mal de dingue à se mettre d'accord. Entre le foutu caractère de Kyle, l'absence d'esprit perpétuelle de Koll, Karl qui parle comme un foutu dico technique, j'ai cru qu'on ne verrait jamais le bout du tunnel. Bon, ok, il y a aussi ma bite, mon cerveau et tout mon fichu être qui sont occupés par une seule chose : Stones. Et, croyez-moi, ça n'aide pas. C'est un cercle vicieux, un peu comme la dope. En gros, je vois un truc qui me fait penser à Stones, je pense à ses courbes délicieuses, à sa chatte, je bande. Ensuite, je pense à un truc pour débander et là paf je me rends compte que je n'ai rien écouté de ce qui vient de se dire. C'est clair que ça ralentit grave le truc. En quelques jours, on a quand même réussi à prévoir un truc de malade. Bon, il y a encore un taf de dingue une fois sur place pour les repérages. L'équipe pro de photographes, vidéastes et graphistes nous a pondu un projet de ouf. J'ai bossé les arrangements de *Nothing* avec Koll, enfin quand il était là. On va encore être short parce qu'il va falloir que chacun la bosse de son côté avant de la mettre en boîte cette nuit. J'espère que ça va le faire. Mon rêve aurait été de l'enregistrer avec Stones. Sa voix chaude et rocailleuse aurait ajouté plus d'émotion au son rock de *Nothing*. Je me dis qu'au pire on pourra rajouter une piste en plus avant le montage définitif. Enfin, pour ça, il faudrait déjà qu'elle accepte de me parler et d'enlever son nom de la liste des gens qui veulent me régler mon compte. Autant dire que c'est du domaine de la probabilité peu probable.

J'ai évité le sujet Stones à chaque fois que j'étais avec Dan. Le problème, c'est que je la veux plus que je n'aie jamais rien voulu d'autre. C'est loin d'être gagné pour moi. Elle a déjà fait l'expérience des paparazzis et ça l'a pas mal remuée. Bien que ma vie ne soit pas toujours comme ça, ça va avec l'existence de rockstar. Si Julia adorait ça le temps que ça a duré, je ne pense pas que Stones serait cliente. Je ne suis pas très fan non plus. Ce que j'aime, c'est faire de la musique avec mes potes. Malheureusement, ce bordel va avec.

Dan m'a posé la question de savoir ce qu'on ferait si elle ne voulait pas choisir ou n'y parvenait pas. Je ne préfère même pas y penser. Je pense juste au fait que je la verrai demain. Elle m'écoutera, qu'elle le veuille ou non, et elle sera mienne. Il le faut. J'ai besoin de savoir pourquoi elle s'est tirée, pourquoi elle s'est mise dans un état pareil mais encore plus de la toucher.

Pour le côté BDSM, je pense qu'il vaut mieux ne pas en parler pour le moment. J'ai déjà assez de choses à régler si je veux qu'elle intègre mon pieu. Il y a le monde libertin, mon caractère de merde, notre incapacité à communiquer sans se gueuler dessus, Dan, Jake, et c'est une liste non exhaustive. Je n'arrive pas à comprendre la relation qu'elle a avec cette fashion victime. Ils sont très tactiles et toujours fourrés ensemble. J'ai envie de lui dégommer sa jolie petite gueule. De toute façon, je l'aurai, quitte à dézinguer tous ceux qui se dresseront sur ma route. Façon de parler bien sûr, quoi que…

J'essaie de mettre mon cerveau sur pause et bosse sur le texte de *Nothing*. C'est plus fort que moi, il faut toujours que je change les paroles à la dernière minute. Kyle est déjà au studio pour gratter sa basse. Il est très perfectionniste et ne tolère aucune fausse note. J'ai appelé la société de transport pour faire voyager nos instruments. Je prendrai Melpo avec moi, mais il faut un traitement spécial pour nos autres bébés. Check. Il est maintenant temps de débarquer au studio. Je fais deux cafés et m'en vais réveiller Koll qui s'est endormi dans le bureau de Pete.

Je ne sais même pas s'il a compris où on allait, pourquoi on y allait et surtout pour qui on y allait. Je tape un grand coup sur le bureau :

— Koll, réveil, on nous attend. Maintenant !

C'est vrai quoi, on n'a pas la journée. Il est déjà 20 heures et on part à 5 heures du mat'. On doit enregistrer un titre entier. Je devrai ensuite balancer quelques fringues dans une valise avant le départ. J'aimerais aussi dormir un minimum pour qu'elle ne puisse pas me résister. Cet idiot ne bouge pas d'un pouce. À situation désespérée, mesure désespérée : le verre d'eau. J'en remplis un bien glacé. Je lui verse direct sur la nuque. Quoi ? Je vous l'avais dit, je ne suis pas un type bien. Sous l'effet du choc, Koll se retrouve les quatre fers en l'air, encore.

— On est à la mer, où est mon maillot ?

Putain, il est loin, mais alors vraiment loin. Je l'aide à se relever tant bien que mal. Soit ce type est comme ça naturellement, soit il devrait consulter d'urgence pour ses problèmes de narcolepsie. Arrêter la weed serait un bon début.

— Putain, Koll, tu as encore fumé un arbre ou quoi ? On nous attend au studio !

Il se frotte les yeux et s'étire paresseusement.

— C'est bon, j'arrive, mec, j'ai fait des arrangements au top. Je suis trop happy pour notre voyage initiatique. On va pouvoir harmoniser nos chakras, équilibrer nos énergies…

Et voilà, ça recommence… Quand il se lance dans une tirade, on ne pige rien. Équilibrer nos énergies, tu parles, j'ai surtout besoin d'équilibrer ce qu'il y a dans mon boxer. C'est ça l'urgence.

Je le pousse avec force, sinon on n'y arrivera jamais, c'est clair. J'ouvre la porte du studio. Tout le monde est déjà au taf. Notre ingé son préféré, Tim, a accepté de venir au pied levé, même s'il se peut qu'on passe une nuit blanche. On est *ready*. C'est parti !

— Bon, les gars, on va commencer par répéter *Nothing* une fois ensemble pour voir ce que ça donne. Je commence par vous la faire en voix guitare.

Je prends Melpo et commence à jouer les premiers accords. J'avais imaginé que le premier couplet se jouerait seulement comme ça, juste le son pur de ma Fender et ma voix. C'est la première chanson que je chante avec autant d'émotions, la première que j'écris sur un sujet qui n'a rien à voir avec le sexe, la drogue et le rock. Enfin, pour le sexe, je n'en suis pas très sûr. Je ressens la musique plus qu'avec n'importe quelle chanson que je n'ai jamais écrite. Ma voix sort naturellement sans trop de fioritures. Aucun effort n'est nécessaire. C'est juste brut, c'est juste moi. Je m'imagine la chanter avec elle, son regard hypnotique sondant le mien comme deux âmes liées par la musique. J'arrive au dernier couplet et je repose ma guitare, étonné par les applaudissements de mes potes.

— Quoi ? Vous m'avez déjà entendu chanter quand même et arrêtez, on n'est pas dans *The Voice*.

— Oui, mais tu n'as jamais écrit de ballade et elle est top. Émotions, rock, ça prend aux tripes, je kiffe, mec. C'est pour Stones ce petit bijou ? demande Kyle, avec son air de je sais que tu veux me la faire à l'envers.

Bien sûr que c'est elle qui était la muse de ce titre, mais lui dire lui donnerait un pass illimité pour me chambrer. Je ne dirai rien même sous la torture.

— On n'est pas en avance, Koll, tu penses à quoi pour les arrangements ? le pressé-je.

— C'est ça, change de sujet mon pote, mais on sait tous qui est à l'origine cette chanson, déclare Kyle.

Koll se précipite vers moi en manquant de trébucher à deux reprises. Arrivé devant moi sain et sauf, il sort une feuille A3 qui ressemble à un schéma bizarre :

— Tu vois, mec, j'ai pensé à un solo de guitare électrique pour toi en intro, un peu de piano en plus rendra le truc encore plus intimiste. Si on rajoutait une voix féminine comme celle de Sun, ça serait top, énonce-t-il en montrant des formes bizarres sur son schéma.

— Ok, on va tenter ça, on essaie une fois ensemble, Koll tu... enfin, tu fais ce que tu m'as montré, tenté-je, aussi paumé qu'il doit l'être.

Putain, il a fallu qu'il se décide à être lucide maintenant. Bien sûr que la chanson serait mieux avec la voix de Stones. Je ne sais pas pourquoi il l'appelle Sun, mais bon le connaissant, il ne vaut mieux pas chercher à comprendre. Un jour, la science étudiera son cerveau après sa mort et on trouvera des confettis, des paillettes, des jouets de plages abandonnés et tout le bordel. Les scientifiques se demanderont comment il pouvait avoir des pensées cohérentes. Eh bien, c'est simple, il ne pouvait pas. En revanche, pour la musique, il assure et c'est ce qu'on lui demande, là tout de suite.

On enregistre les instruments. C'est vrai que le piano apporte quelque chose qui rappelle un peu du Queen et l'intro à la guitare électrique est de l'inspiration d'un Jeff Buckley. J'enregistre la voix en trois prises. Je suis tellement habité par cette chanson que ça me bousille intérieurement. J'ai l'impression d'être à la fois trop proche et trop loin de ma muse. Pour le rock, je suis perfectionniste. Je sais que la chanson ne sera épique qu'avec sa voix en plus. *Mais la personne à qui appartient cette voix fait la morte et a sans doute envie de te couper les couilles pour en faire de la charcuterie*, me dit ma conscience. On reprend les instruments jusqu'à ce que tout nous convienne. Karl bidouille des trucs avec l'ingé son jusqu'à ce que ce soit enfin comme on le souhaitait. Des litres et des litres de café plus tard, le titre est dans la boîte.

Koll n'a pas cessé de me bassiner avec la voix de Sun. Il n'a même pas l'air au courant que la Sun en question est la principale raison du « voyage initiatique de demain » comme il dit. Remarquez, il n'a pas l'air de savoir qu'elle bossait ici ni que son vrai nom est Stones.

Kyle n'a pas arrêté de faire des allusions plus ou moins lourdingues pour me faire chier. Il est temps de faire mes bagages vite fait et de pioncer un peu. J'aimerais au moins avoir une tronche potable pour revoir ma furie.

J'arrive dans mon antre, balance quelques jeans, tee-shirts, le minimum vital de toilette et voilà c'est plié. Je m'effondre dans mon lit et sombre directement après cette journée interminable. Demain, je vais enfin retrouver ma furie et peut-être que j'en aurais fini avec l'abstinence et cet état perpétuel de nervosité dans lequel je suis depuis qu'elle s'est tirée. Je ne m'attends pas à ce qu'elle me facilite les choses, de toute façon cette femme passe son temps à m'en vouloir à mort. Je ne parle même pas des obstacles extérieurs : Dan, Jake, Kyle… On va s'éclater, aucun doute là-dessus.

Chapitre 14
« Livin' on a Prayer », Bon Jovi

Dan

Je suis là, fidèle au poste dans le hall avec tout le groupe et l'équipe technique. On attend le van pour nous emmener à l'aéroport avec des airs aussi avenants que des croque-morts. J'ai mal dormi. Je n'arrêtais pas de me retourner. Je n'ai réussi à trouver la paix qu'avec la weed. Il faut vraiment que j'arrête ça. C'est une habitude que j'avais abandonnée, à quelques exceptions près pour des soirées entre potes, depuis ma remise de diplôme. J'avais besoin de me calmer les nerfs. D'abord, mon paternel ou son larbin qui n'arrêtent pas de m'appeler et je refuse de répondre. Je n'ai aucune idée de ce qu'il me veut. Je ne veux pas le savoir, pas quand je suis dans un tel maelström émotionnel. J'ai besoin de gérer une chose après l'autre.

D'abord, je retrouve Stones, je me perds en elle, m'abreuve de son goût jusqu'à plus soif et m'explique avec elle. Il y a quand même certaines priorités. Besoins physiologiques et émotionnels d'abord toujours. Ensuite, je gère le Caleb. Je crains tellement qu'elle me rejette que ça m'empêche de voir les choses clairement. La vérité, c'est que depuis Julia, j'ai beaucoup de mal à faire confiance. Cette pétasse m'a vraiment fait un sale coup et le dépasser est plus dur que je le pensais.

L'arrivée du van coupe court à mon cas de conscience. On embarque et je remarque que Jax n'a pas l'air sûr de lui pour une fois. Enfin, il a surtout l'air aussi dead que les autres membres du groupe. On se jauge sans oser dire quoi que ce soit. On sait très bien que nous n'avons pas les cartes en main. Quoi qu'on fasse, c'est elle qui décidera. Le trajet ne dure pas assez longtemps pour que je me calme. On arrive devant le jet set et je me distrais comme je peux en aidant les gars à charger les instruments et les bagages. Quand j'ai épuisé toutes les échappatoires possibles, je me résigne à m'asseoir dans le jet. C'est bien ma veine, la seule place restante se trouve à côté de la personne que j'essaie d'éviter à tout prix. Je crois bien que l'heure de la discussion est arrivée. On est si ridicules qu'on se croirait dans *Dawson*. Ne croyez pas que je regarde ce genre de merdes, mais une de mes cousines… Bon, j'arrête, je m'enfonce. *Let's go !*

— Tu vas bien ? Le dernier titre est dans la boîte ?

— Ah, parce que ça t'intéresse, Dan ? Je croyais que tu ne voulais plus entendre parler de tout ce qui touche à la musique !

J'oubliais, ne jamais chercher Jax quand il n'a pas dormi son compte. Touché et coulé en beauté. On dit que la meilleure des défenses est l'attaque. J'ai arrêté la musique depuis des années, et ça, Jax ne le digérera jamais. Et, bien sûr, il ne la joue pas réglo. J'ai mes raisons et il ne comprendrait pas de toute façon.

— C'est bon, tu ne vas pas remettre ça sur le tapis. Tu me tapes sur le système et puis il y a prescription ! Dis plutôt que tu essaies d'éviter le sujet Stones.

— Alors, ça, c'est le Dan qui se fout de la charité. Si je suis le roi de la tête dans le sable, c'est clair que tu en es le prince. Putain, tu me gaves. Déjà que j'ai dû dormir deux heures, ce n'est pas le jour pour me faire chier.

Qu'est-ce que je disais ?

— Je veux juste savoir ce qu'on fera pour éviter de tout faire foirer encore une fois ? Parce que la dernière fois tu as quand même merdé et pas qu'un peu… avec cette pétasse. Il faut à tout prix qu'on en discute.

— C'est bon, on ne va pas s'emparer de la maison Lanister non plus. Ne compare pas ce qui n'est pas comparable. Pas la même femme, pas la même chose, énonce-t-il comme si c'était évident. Julia ne lui arrivera jamais à la cheville. Ok, tu es décidé à ne pas me laisser dormir, alors autant me distraire. Mon deal est simple : tu me dis pourquoi un guitariste/DJ de génie a eu l'idée géniale de tout envoyer bouler et j'accepte de parler de Stones.

Putain, mais quelle enflure, je préfèrerais me tirer une balle plutôt que d'en parler. Le faire me ramènerait dans un passé que je fuis depuis des années. En plus, Jax n'a rien d'une oreille compatissante. Je ne suis pas fou. Mon téléphone sonne encore. Ce Caleb n'a aucune limite quand il s'agit de me faire chier. C'est le roi des casse-couilles. Jax regarde mon portable et se met à rire. L'avion décolle. Avec un peu de chance, il va oublier ce qu'il voulait dire. Il me fait son regard genre principal de notre lycée à chaque fois qu'on était dans son bureau, c'est-à-dire tous les jours.

— Tu n'as vraiment pas de couilles, Dan. Tu n'as pas les couilles de répondre à ton vieux, pas les couilles de me dire pourquoi tu as arrêté la musique alors que tu avais un putain de talent et tu vas me dire que tu as les couilles de te battre pour Stones ?

Là, ça va trop loin. Il va voir si je suis un lâche. Nous pouvons enfin nous lever. Je le prends par le tee-shirt. Ne vous fiez pas à mon air sympa. Quand il faut se battre, je ne suis jamais le dernier et ce connard le sait parfaitement. Je suis de taille à lui filer la frousse.

— Répète un peu pour voir, junkie !

Ses yeux lancent des flammes. Tout comme lui, on sait ce qui arrive quand on me pousse trop loin.

— Je suis peut-être un ex-junkie, mais toi, tu n'es qu'un lâche. Tu as arrêté la musique parce que c'était trop dur, pauvre chéri, se moque-t-il.

Kyle se lève et reste sur le qui-vive au cas où ça dégénérerait. Il fait chier, il veut savoir, eh bien, il ne va pas être déçu. La culpabilité me ronge depuis des années. Je suis tellement en colère que je gueule comme un putois et j'explose :

— Tu veux savoir pourquoi j'ai arrêté la musique ? Je suis incapable de jouer depuis que ma mère est morte. À cause de cette musique que tu vénères, je n'étais pas là quand elle a respiré pour la dernière fois. À chaque fois que je prends ma guitare, je suis pris de tremblements incontrôlables. Voilà ! Satisfait, sale con ? Tu te sens mieux maintenant ?

Je lâche Jax et il baisse la tête comprenant qu'il est allé beaucoup trop loin cette fois. Il se frotte les cheveux et se prend la tête dans les mains en soufflant. C'est à ça qu'on reconnaît un Jax qui a merdé. En même temps, ça arrive tellement souvent qu'on est habitués. Je me réinstalle dans mon siège pour me calme. Il se tourne vers moi :

— Désolé, mec. Je ne savais pas, c'est juste que tu avais tant de talent que ça me crève que tu aies arrêté. Pour Stones, je sais bien que tu ne lâcheras pas plus l'affaire que moi. Alors, je sais pas, mec. Si elle ne choisit pas, on fera ce qu'un libertin fait, on la partagera le temps qu'on trouve une solution et on fera en sorte que ça fonctionne.

Je sens que cette perspective ne lui plaît pas plus qu'à moi, mais on n'aura pas le choix. Je sais ce que vous pensez. Vous avez déjà un planning en tête. Je prends les lundis, il prend les mardis entre deux, on verra. Il faudrait un tableau Excel à doubles entrées. Eh bien, pas du tout, dans notre monde, partager veut parfois dire être un vrai trio. J'espère que ça n'arrivera pas parce que ni lui ni moi ne sommes du genre arrangeant. Sur ces bonnes paroles, je ferme les yeux en essayant d'oublier cette perspective, le passé, tout oublier le temps du vol, quoi. Une petite amnésie temporaire vite fait, c'est possible ? Non ?

Chapitre 15
« Bubbles », Biffy Clyro

Stones

Ça fait presque une semaine qu'on est là et on a notre petite routine plus ou moins normale avec Jake. Le matin, après la douche de rigueur par cette chaleur, on laisse la lumière éclore et on prend notre petit-déjeuner. Après, on s'installe sur une des terrasses et on parle. On refait le monde. On parle de tout et de rien, ce qui peut paraître étrange quand on se connaît depuis tant d'années. Je lui pose des questions sur le libertinage. Il me dit tout ce que je veux savoir. Bien sûr, j'aurais pu demander à ma mère, mais je trouverais ça super bizarre. En plus, ça aurait un goût de « je te l'avais dit ». Son ressenti, la première fois qu'il est entré dans un club m'a étonnée. Pour Jake, ce n'est pas vraiment comme on l'imagine. Dans ma tête, c'était plus une partouze géante avec des corps imbriqués les uns dans les autres, genre foire à la saucisse. À force de conversations, je ne suis plus tout à fait sûre d'être hermétique à cette idée. Sa description d'un endroit chic où règne la séduction, d'un lieu dédié au plaisir sous toutes ses formes y est pour beaucoup. C'est vrai que le K ressemblait davantage à une invitation aux plaisirs charnels. J dit que quand on entre dans cet univers libertin, plus rien n'existe à part nous. L'envie et le consentement sont au centre de l'aventure. Je n'avais pas vu les choses sous cet angle. J'étais tellement occupée à faire ma rebelle, en allant dans la direction opposée à celle de mes parents que je n'ai jamais pensé que ça pourrait être excitant, que ça pourrait être pour moi. J'ai adoré la métaphore de « parc d'attractions de la luxure » qu'il a utilisée pour caricaturer. Je me demande ce qui remplacerait les montagnes russes, les tasses ou encore le stand de confiserie. Euh, merde, pour le stand de confiserie, je crois savoir.

Quand on en a marre de parler, je prends mon roman, *Les Chroniques du Québec Libre* de Marilène Pujol et Pierre Noratlas. C'est comme si je partais à la découverte de la possible future Stones. Jake, quant à lui, travaille sur sa nouvelle collection aux inspirations d'ailleurs. Il ne cesse de dessiner des modèles plus sensationnels les uns que les autres. Nous avons d'ailleurs visité plusieurs boutiques de tissus parce que J ne voulait pas attendre pour créer les premiers modèles. Il nous a fallu une matinée pour lui trouver tout le matos. J'adore le voir travailler, ça me rend zen. Il a décidé que cette ligne serait exclusivement pour les femmes aux formes voluptueuses. Quand je vous avais dit qu'il allait jouer à la poupée, je n'avais pas tort. Mais le bonus est que je suis comme l'assistante dans le *Diable s'habille en Prada*, l'esclavage en moins. Je viens d'avoir ma première robe de la nouvelle collection gratis. Cette robe est vraiment wow et rock comme je les aime : soie noire fluide avec une tête de mort turquoise brodée dans le dos. Et d'après Jake, ce n'est pas fini. Il déconne à plein tube, il m'a parlé d'égérie et de je ne sais pas trop quoi d'autre encore. Il est au courant que je ne suis pas la fille la plus à l'aise quand il s'agit d'être le centre de l'attention ?

Je ne sais pas vraiment quoi lui dire parce que je suis perturbée par notre nouvelle relation. Les meilleurs amis ne font pas ce qu'on fait. Pas que j'aime mettre des étiquettes sur chaque chose mais quand même. Quand je parlais plus tôt de petite routine, beaucoup de choses ont changé. Nous avons un rituel du coucher comme les enfants : à la différence près qu'on ne lit pas d'histoires et qu'il ne me borde pas. Ok, rien à voir. Chaque soir est plus hot que le précédent. Le premier soir, c'était après la grande conversation. Quand on s'est couché, Jake a commencé à m'embrasser. Je ne parle pas du petit bisou sage mais bel et bien de mon meilleur ami qui me dévorait littéralement la bouche. Ensuite, ses mains ont commencé par effleurer ma nuque, puis ont pris la direction de mon dos sans jamais décoller sa bouche de la mienne. Puis, il a joué avec mes tétons avec tant de dextérité que j'ai bien failli en jouir. Chaque soir, il va plus loin, dépasse d'autres limites plus au sud. Je ne jouis jamais, mais ma culotte est de plus en plus trempée. Du coup, je suis de plus en plus frustrée et tendue comme un string. Depuis, Sa Majesté a décidé qu'il allait m'apprendre à aimer mon corps. Je pars en live et bien comme il faut. Je pensais que ce serait encore pire si je cédais à cette tentation de l'interdit. La vérité, c'est que je n'ai jamais été davantage moi-même qu'aujourd'hui. Je sais qu'il y a encore du taf pour la confiance en soi, mais c'est comme si les récentes épreuves avaient déclenché un truc. Je ne dis pas que je serais prête là maintenant à rentrer dans un club, mais je me sens vivante. J'ai explosé toutes les barrières inutiles que j'avais construites autour de mon existence. Il n'en reste plus qu'une seule : la peur que ce changement détruise ce que l'on a. Jake m'a dit qu'il n'y aurait que des caresses jusqu'à ce que je sois sûre de moi.

Mon autre blocage est plus insidieux : Jax et Dan. La colère que je ressens est toujours là. J'ai beau faire des randonnées, du jogging et tout faire pour me changer les idées. J'ai eu l'impression d'être un pantin ou peut-être me suis-je laissé être leur chose. Je n'arrive pas à faire disparaître cette colère de merde. Mes pensées sont interrompues par les lèvres de Jake qui se posent délicieusement sur les miennes.

— Arrête de froncer les sourcils, ma chérie, et de te faire des nœuds au cerveau, je veux te voir sourire.

— N'importe quoi. Et si on allait prendre une orange pressée au village ? proposé-je, surprise par sa clairvoyance.

On se comporte comme un couple et le pire est que ça ne me dérange même pas. C'est naturel, on est comme dans notre bulle. Je sais très bien qu'elle devra éclater un jour, mais c'est tellement bon tant que ça dure que j'en profite allégrement.

— Oui, dit-il en m'embrassant. En plus, je suis sûr qu'il y a encore les mecs super louches d'hier qui vont te mater comme s'ils voulaient faire de toi leurs quatre heures, ça va être l'éclate. On passera faire du shopping, dis-moi qu'on passera faire du shopping ?

— Mais, Jake, ce n'est pas Londres, c'est Urgup. Il doit y avoir vingt boutiques à tout casser et la moitié vendent des souvenirs kitsch. Je crois qu'on les a toutes faites. D'ailleurs, pendant qu'on en parle, certaines doivent avoir des affiches *Wanted* avec ta photo planquée à côté de la caisse. À chaque fois, tu fais sortir tous les modèles dans toutes les couleurs.

— Mais, enfin, ma chérie, tout le monde sait bien que les boutiques planquent toujours ce qu'ils ont de meilleur dans l'arrière-boutique.

— Bientôt, c'est les restes de ton corps qu'ils vont planquer dans l'arrière-boutique.

Son air apeuré déclenche mon fou rire. Putain, je me fais encore remarquer. Entre les frasques de Jake et les miennes, le personnel a du mal à s'habituer. C'est clair qu'ils connaissaient Stones la responsable marketing, mais Stones et Jake, c'est un peu plus remuant, dans tous les sens du terme. Nous descendons vers la réception, nous sommes sur le point d'amorcer notre virage quand quelque chose attire mon attention. Merde, merde et re-merde ! Ce n'est pas vrai, qu'est-ce qu'ils foutent ici ? N'écoutant que mon manque de courage, je plaque Jake contre le mur à la sauvage pour le retenir.

— Mais, enfin, Stones, qu'est-ce qui te prend ? Non pas que je sois contre les dominatrices, mais si c'est pour que tu me sautes dessus, je préfère un endroit plus privé comme notre suite, plaisante-t-il en m'embrassant.

— Mais, putain, Jake, tu ne penses qu'à ça ! Tu as vu qui est là ?

— Qui ça ? Tu m'inquiètes, tu as des hallucinations ?

Des hallucinations, j'aimerais bien. Je lui tire le bras et nous emmène là où on pourra voir les envahisseurs sans être vu en mode apprentis espions.

— Jax, Dan, Pete, Kyle, le Viking à l'ouest et le geek bizarre. Tu peux faire nos valises en combien de temps ?

— Tu plaisantes ? J'ai amené l'équivalent de deux garde-robes. Je te rappelle qu'on était là avant, alors on ne va pas se barrer et puis on a des comptes à régler, s'énerve-t-il avec ce que je crois être une fausse tête de truand à la petite semaine.

Je tente de le pousser pour qu'on se barre dans un endroit plus calme. Il faut au moins qu'on en discute avant d'entrer dans l'arène. Je ne suis pas prête, mais carrément pas prête. Je suis encore trop en colère pour les avoir devant moi sans avoir envie de les trucider. Dans un mouvement d'une grâce incomparable, Jake se prend les pieds dans le tapis et tombe à la renverse. Je me retrouve à califourchon sur un J allongé à même le sol et éclate de rire. Jake fait de même et m'embrasse jusqu'à ce que des raclements de gorges nous interrompent. Le tableau est génial : moi à califourchon sur Jake avec trois spectateurs qui nous matent. C'est le début du libertinage avec l'exhibitionnisme en prime. Jax, Dan et Pete nous regardent. Ces messieurs n'ont pas l'air contents du tout. Cette petite sauterie s'annonce des plus sympathiques. Je ne vais pas me laisser faire. La nouvelle Stones ne se laissera plus faire. Je me mets debout et entraîne Jake dans mon ascension.

— Qu'est que vous foutez là ? Salut, Pete, tu vas bien ?

— Et toi, qu'est-ce que tu fous ? demande Jax qui a l'air d'avoir du mal à garder son calme.

Votre attention, s'il vous plait, je suis au regret de vous annoncer que notre bulle vient d'éclater en plein vol. Je m'avance devant lui pour lui faire face. Malheureusement, rien n'a changé. Force magnétique check, regard qui mouille ma culotte check, mais aussi niveau maximum de colère check. Mode *Tomb Raider* activé.

— En quoi ça te regarde ?

C'est vrai, quoi. Lucifer, le plus grand des connards de l'univers, vient m'emmerder sur mon territoire et il s'attend à ce que j'arrête tout pour le servir. *Dans tes rêves !* Pete a l'air complètement déstabilisé par ce qu'il vient de voir et répond tant bien que mal à mes salutations :

— Euh… Bonjour, Stones. Bonjour, Jake.

— Carrément que ça me regarde, je suis venu te chercher dans le trou du cul du monde et je te trouve sur cet enfoiré. Je répète : qu'est-ce que tu fous ?

— Elle fait ce qu'elle veut sur moi et personne ne t'a obligé à venir nous emmerder, répond Jake en m'entourant de ses bras.

Dan est complètement figé. Ce n'est pas celui que j'ai rencontré au *Wonderwall*. Il n'a pas prononcé un mot depuis que je l'ai aperçu. Il s'est complètement renfermé, et moi, je suis là comme une conne à le fixer. Notre duel de regard est interrompu par Jax qui, lui, a manifestement de tonnes de choses à dire.

Le roi parle et ses sujets écoutent, telles sont les règles du royaume de Lucifer.

— Il faut qu'on parle et pas plus tard que maintenant ! explose-t-il d'un ton qui n'autorise aucun refus.

C'est fini tout ça. Hors de question que je me laisse dicter ma conduite par une putain de rock star.

— Non, déclaré-je avec une voix la plus ferme possible.

Ben, oui, je suis un bébé dictateur. Ce type a des années de pratique. Je fais ce que je peux. Jax n'a pas l'air d'apprécier ma réponse car il se met à faire les cent pas comme s'il allait tout casser. Il soupire, marmonne des trucs incompréhensibles. Il stoppe enfin ses allers-retours bizarres et respire un bon coup. Décidant que c'en est assez, je lance :

— Je n'ai pas envie de parler. J'allais boire une orange pressée avec Jake. De toute façon, je suis trop furax pour te parler maintenant.

— Furax ? Elle est furax. Voyez-vous ça.

— Oui, furax. Si tu veux tout savoir, j'ai imaginé au moins cent façons de séparer ta tête de ton corps et fais-moi confiance, elles sont toutes plus créatives les unes que les autres.

Après avoir entendu ça, Jax sort en donnant un coup de pied dans la porte. Il ajoute même un « fait chier ! » tonitruant qui fait peur à tout le monde. Jake est mort de rire et lance :

— Tu es mon héroïne, ma chérie. Comment tu l'as calmé ! Bon, ce n'est pas qu'on s'ennuie, mais on avait des choses à faire. Pete, tu viens ? Je crois qu'on a besoin de parler de plusieurs choses, murmure-t-il en jouant profil bas pour une fois.

Pete n'a pas l'air convaincu mais suit Jake. Dan est toujours figé. Il me regarde et ne dit rien. Contrairement à la colère que je ressens envers Jax, celle que je ressens envers Dan vient de se dissoudre au profit de l'inquiétude. De toute façon, je ne pourrais pas l'éviter éternellement. Autant en finir avec l'un des deux.

— Dan, tu viens ?

Il m'entraîne par le bras et me colle contre lui comme s'il voulait s'assurer que j'étais bien là. Il respire mes cheveux et je ressens de nouveau le réconfort et la chaleur de son étreinte. Son odeur virile me chatouille les narines et je me cale sur sa respiration lente et apaisante. Il prend enfin la parole :

— Ma belle, je t'ai enfin retrouvée. Je ferai tout ce que tu veux et je serai celui dont tu as besoin, mais s'il te plaît, ne t'enfuis plus.

— Allez, viens, Jake et Pete ont pris de l'avance et il y a quinze minutes de marche jusqu'au village. On parlera sur le chemin.

J'ai besoin de marcher pour retrouver un semblant de contrôle. Il me prend la main et je le laisse faire. Il me sourit et je lui souris en retour, mais ça ne veut pas dire que tout est réglé. Je lâche sa main car j'ai besoin de savoir pourquoi ils m'ont fait ça.

— Pour commencer, tu vas me dire pourquoi vous m'avez emmenée dans ce club ?

— Stones, je ne t'aurais jamais emmenée dans ce club, pas sans t'en avoir parlé en tout cas. Jax s'est fait passer pour moi en déposant un café sur le comptoir. Quand tu m'as dit que tu passais la soirée avec moi, j'étais tellement ravi que je n'ai pas posé de question. Ensuite, dans le taxi, tu m'as dit que je t'avais dit qu'on allait au K. J'étais excité, je ne vais pas te dire le contraire, même si je savais qu'il y avait un hic. Alors, j'ai été lâche, je n'ai pas voulu en savoir plus. Je me disais qu'on pourrait s'amuser tous les deux et c'était clairement égoïste. Si je suis venu, c'est pour te dire que je suis prêt à renoncer à tout ça pour que tu me donnes une chance. Une chance de te montrer ce que ça pourrait être toi et moi. Tu veux bien faire ça pour moi ?

Et, bien sûr, c'est Lucifer le responsable de tout ça. Ce type est une vraie calamité. Quant au reste, comment je lui explique que, finalement, je ne suis plus sûre de rien concernant le libertinage ? Ils vont me prendre pour une vraie girouette. Pour faire diversion, je lui plante un bisou sur la joue.

— On se fait tous avoir par ce type. Il est si machiavélique qu'il va bientôt donner cours aux tyrans du monde entier. Comment aurais-tu pu te douter qu'il était derrière tout ça ? Je ne m'attendais pas à ça, je l'avoue. Du coup, j'ai pété un câble. On en reparlera plus tard. Allons-y ! Jake et Pete doivent nous attendre.

Ce n'est pas le moment de lui faire le récit de Stones, fille de parents libertins, qui a voulu faire sa rebelle.

— Je t'ai demandé de me promettre de ne plus t'enfuir, je te laisse tranquille pour le moment, mais il est hors de question que j'abandonne la partie.

Une partie, on aura tout vu, vraiment. Le premier lot sera Stones, une femme avec trop de kilos, trop d'insécurité et trop de problèmes. Il n'y a pas à dire, c'est une affaire. Il prend ma main et nous nous mettons en route vers le centre-ville. Dan semble avoir retrouvé son sourire de parfait gentleman. Tout ça n'est pas bon pour ma santé mentale. En plus, il est super sexy en jean, tee-shirt blanc avec ses tatouages. J'essaie d'éviter de ne pas imaginer ce que ce serait sans tee-shirt. Ce type a un physique de pub Calvin Klein. Moi, ce serait plus tôt la Redoute ou MS mode, carrément pas le même genre.

On récapitule : j'ai un je ne sais pas trop quoi avec Jake. Et là, coup de théâtre, Dan, Jax et toute la clique débarquent. Pour enfoncer le clou, je suis en train de descendre vers le village avec Dan qui n'arrête pas de me sourire et de me toucher. Et je disais que je n'étais pas libertine ? Il est temps d'appliquer les conseils de Jake. Arrêter de vivre ma vie sur pause et me laisser aller. Je me blottis dans les bras de Dan et profite du moment. On arrive enfin dans le centre et si j'en crois les mines défaites de Jake et Pete attablés à notre terrasse habituelle, la discussion a tourné au fiasco. Je lâche la main de Dan et m'assois à côté de Jake. Je lui adresse un sourire de réconfort. Reste plus qu'à détendre l'atmosphère :

— Vous prenez quoi ? Ils font des oranges pressées délicieuses, suggéré-je avec un sourire genre gentille organisatrice du Club Med.

— Comme tu veux, dit Pete. De toute façon, je ne sais même pas ce que je fous là.

Finalement, l'atmosphère ne va pas se détendre. La tension entre eux est telle que Pete se barre sans rien dire. Je ne l'avais jamais vu en colère à ce point-là, je l'aurais plutôt décrit comme un un carlin trop mignon. Là, on dirait un caniche hargneux. Oh, ça va, je sais bien que mes comparaisons sont pourries. Pour ma défense, mon père m'a toujours dit que l'ironie et le sarcasme rendaient la vie plus supportable. Voici le résultat d'une éducation atypique.

Je me retourne vers Jake qui serre la table comme si ça pouvait le sauver :

— Qu'est-ce qui s'est passé ? Je croyais que tu voulais arranger les choses, mon J ?

— Que veux-tu que je te dise ? J'ai essayé de lui expliquer. Je ne m'attendais pas à ce qu'il débarque. J'ai envie de tenter quelque chose avec lui, mais pas si ça veut dire t'abandonner ou abandonner mon mode de vie. Il veut des garanties, du romantisme style prince charmant. Tout ça, ce n'est pas moi. Il ne veut pas le comprendre. Je suis libertin, ce n'est pas quelque chose qu'on peut arrêter en appuyant sur un bouton pause. Hors de question de me sacrifier, de nous sacrifier alors qu'on est enfin sur la même longueur d'onde, dit-il en faisant un signe entre lui et moi avant de mettre sa main sur sa bouche.

Dans la famille Lagaffe, je demande le fils. Putain, Jake, t'abuses. La vie privée, ça te dit quelque chose ? Les derniers mots réveillent instantanément Dan qui était en train de lire la carte. Il n'y a pas à dire, Jake et moi, on est super doués pour mettre les pieds dans le plat.

— Vous sacrifier ?

Comment je rattrape ça moi, maintenant ?

— Oui, notre amitié, tu sais bien. On est fusionnels, n'est-ce pas Jake ?

Je vois le regard de Dan s'assombrir, ses poings se serrer. Je vous donne mon interprétation de son langage corporel. Mon sourire avait réussi Dieu sait comment à faire oublier à Dan qu'il m'avait surpris à califourchon sur Jake en train de l'embrasser. Le vidage de sac de Sa Majesté Jake qui te balance les choses genre bazooka vient de lui faire une piqure de rappel. Décidément, on est vraiment à chier pour les relations humaines. Une vraie *team* de gagnants !

— Ouais, c'est ça, des amis fusionnels qui s'embrassent. Putain, Stones, je veux bien tout entendre, tout accepter, tout sauf qu'on me prenne pour un con. Quand tu auras décidé d'être honnête, tu sais où me trouver. En attendant, je me tire.

Et un de moins !

C'est ça quand la réalité vous revient en pleine face. Ils ont tous le feu au cul. On est là, affalés sur nos sièges, aussi crevés que si on avait participé à une espèce de marathon pour tarés dans les Alpes. Je mets ma tête sur l'épaule de Jake et sans trop savoir pourquoi, on est encore morts de rire. Ma clairvoyance reprend le dessus.

— Une orange pressée, ce ne sera pas assez. À mon avis, il nous faudra quelque chose de plus fort.

— Gin tonic, confirme-t-il plein de bon sens.

— Remarque, ça aurait pu être pire.

— Oui, c'est clair, ils auraient pu tomber sur nous en train de baiser.

— Oui, sauf que je te signale qu'on est tous dans le même hôtel. Si on ne fait pas quelque chose, ça va prendre des allures de la finale des poteaux dans *Koh Lanta* en plus trash, retorqué-je.

— Tu marques un point. Voilà ce qu'on va faire : on se prend un remontant au café et après tu gères Dan et je gère Pete. Les réconciliations sur l'oreiller, ça marche toujours. T'inquiète, on fera ça dans sa chambre. Notre lit est sacré.

Dit comme ça, c'est pas du tout flippant. On remonte difficilement vers le bar qui se trouve à mi-chemin sur la route de l'hôtel. La pente est assez abrupte. D'habitude, on n'est pas fous, on ne la remonte jamais avant 17 heures car avant il fait une chaleur à crever. Le désastre actuel nous a forcés à changer nos plans. Un gin tonic va nous requinquer.

Enfin, je l'espère.

Chapitre 16
« There is nothing left to lose », Foo Fighters

Jax

Le moins qu'on puisse dire est que ma furie est fidèle à elle-même, autrement dit toujours aussi furieuse contre moi. Putain, qu'est-ce que j'imaginais ? Que j'allais arriver la bouche en cœur et qu'elle m'accueillerait les cuisses ouvertes comme une de mes stupides groupies ? Quelqu'un pourrait m'expliquer ce qu'elle foutait à califourchon sur la *fashion victim* ? Il me faudrait un bouquin, un foutu dico de Stones ou un livre « Comprendre Stones pour les nuls ».

Je me pose sur la terrasse dans le jardin de l'hôtel. J'allume ma clope en ruminant ce qu'elle vient de me balancer. Elle n'était déjà pas commode, mais là, elle est passée dans la catégorie pro. Ma furie est devenue, elle aussi, un genre d'Amazone qui en veut à la gent masculine dans son ensemble. Pete arrive avec une tête de prétendant au suicide qui fait vraiment pitié.

— Qu'est-ce que ton taré de prince charmant a encore foutu ?

Eh oui, le tact, ce n'est toujours pas mon fort. Du coup, je ne me fais pas que des amis.

— Je ne suis pas d'humeur. Si tu pouvais attendre quelques heures avant de te foutre de ma gueule…

— Gin tonic ? Je suis quand même curieux de savoir ce qu'il a encore foutu comme il est en plein sur mon chemin.

C'est bon, je suis un putain d'égoïste et je ne changerai jamais. Comme ça, vous êtes prévenus. Mon bro me connaît si bien qu'il ne tilte même plus face à mon attitude de merde.

— De toute façon, tu ne vas pas me lâcher, vu comment tu as harcelé ce pauvre Dan tout à l'heure, mieux vaut passer à table. Je suis trop con. On devrait ériger une statue de Pete, le plus con des homos de la terre. Je vais le voir en lui disant que j'ai réagi trop vivement quand il m'a parlé de ses penchants sexuels, mais que j'aimerais qu'on commence une relation tous les deux. J'y mets les formes. Je lui dis que je ferai des efforts. Et là, il me dit qu'il me veut moi, mais qu'il veut aussi Stones. Je me suis mis en colère en disant qu'il ne pouvait pas me demander ça. Il m'a opposé une fin de non-recevoir.

Une fin de non-recevoir, non mais sérieux, Pete, qui parle comme ça ? Tu es déjà coinçouille d'habitude, mais là, c'est ridicule. Mais, au fait, il veut Stones, ça, c'est hors de question ! Je me lève d'un coup.

— Comment ça, il veut Stones ? Non mais ça ne va pas bien, déjà qu'ils sont toujours pendus ensemble. Je croyais que leur petite scène de tout à l'heure, c'était juste pour me faire chier. Je me doutais qu'il y avait un truc louche là-dessous, putain je vais me le faire. J'aurais dû lui régler son compte la dernière fois et lui abimer sa jolie petite gueule une bonne fois pour toutes. Je ne vais certainement pas lui laisser la voie libre. Putain, fait chier !

Pete monte dans sa chambre pour échapper à ma crise de colère. Il n'a peut-être pas tort. Je vois passer Kyle. Du matos a dû être installé pour qu'on puisse répéter. On a privatisé les deux hôtels pour être tranquilles et pouvoir bosser. Enfin, ça, c'est la version officielle, il est vrai que c'était aussi un fabuleux moyen pour que ma furie soit coincée avec moi. Je ne vais pas abandonner, mais c'est clair que si je vais lui parler dans cet état, ça ne va pas le faire.

J'ai appris un truc ou deux depuis que je la connais. L'une d'entre elles est qu'elle n'a pas peur de moi et que mes crises ne font que l'éloigner davantage. Je vais encore me faire lourder ou pire, elle va menacer mon intégrité physique comme tout à l'heure. Ma tête est mise à prix et je n'ai même pas d'arme. Ma furie a quand même déclaré qu'elle avait imaginé différentes manières de séparer ma tête de mon corps. Le plus étonnant, c'est qu'elle ne m'a jamais fait autant bander. Sa façon d'agir me donne envie de la pencher sur une table et de lui donner la fessée jusqu'à ce que son cul soit rouge vif et que son intimité ruisselle. Je ne dois pas être net. Beaucoup d'hommes seraient refroidis, mais pas moi. Si j'avais eu un jour un doute sur le fait qu'elle était faite pour le monde du BDSM, je me serais complètement trompé. Je craque pour le côté solaire de Stones, mais elle m'a attrapé dans ses filets avec son côté sombre. Le mélange est un cocktail explosif qui vous rend accro plus vite que la lumière. J'ai envie de casser les barrières dont elle se sert pour s'isoler du monde une à une. Je veux tout connaître d'elle, je veux que l'intégralité de son monde tourne autour de moi. Je ne suis pas du tout un maniaque du contrôle. On n'est pas dans la série *You* non plus, je ne suis pas un sociopathe. J'ai juste besoin de la posséder. Et dire que j'étais prêt à la partager avec Dan ! Il est clair que si ça doit arriver, ça ne va pas être facile.

Je dois me calmer et les deux seules choses qui me calment sont la coke et la musique. La coke, j'ai déjà donné, ça vous vrille le cerveau et ne vous attire que des problèmes. Je me dirige vers l'autre hôtel où on a installé notre studio. Il nous manque encore quatre titres pour l'album et j'aimerais autant qu'on puisse en enregistrer un ou deux ici. En plus de me rapprocher le plus possible de Stones, mon objectif serait de la convaincre d'enregistrer sa voix sur *Nothing*. Ce que j'ai entendu à *Abbey Road* n'était qu'un échantillon et j'étais sur le cul. La couleur de sa voix est juste sublime. Je n'imagine même pas ce que ça pourrait être en studio sur un titre original accompagné de la mienne. Vous devez me trouver optimiste d'avoir ce genre de projet avec quelqu'un qui refuse de me parler. Je ne le suis pas. J'obtiens toujours ce que je désire. Je suis sur le point d'entrer dans l'autre studio quand Dan me rentre dedans, genre char Leclerc :

— Qu'est-ce qui te prend encore ?

— Putain, tu prends toujours tout à la légère. D'abord, tu me fais chier avec la guitare et maintenant tu ne comprends pas pourquoi tout ça me met hors de moi, Stones + Jake, ça te dit quelque chose ? Je suis en train de partir en vrille. Il va falloir faire le ménage ou alors c'est une mise en scène. Je ne peux pas me l'encadrer ce type.

— Bien sûr que ça me rend taré ! Et si c'était une mise en scène pour nous faire chier ?

— J'aimerais bien, mais je ne pense pas. Franchement, tu crois que Jake se serait mis Pete à dos pour une mise en scène ? J'étais au village, il a dit qu'il ne voulait pas sacrifier leur relation pour Pete et ça avait l'air plutôt sérieux.

— Et qu'est-ce qu'a répondu Stones ?

Ben oui, autant en profiter pour avoir des infos pour trouver le meilleur angle d'attaque. Cette femme est tellement une furie qu'on ne parle plus de séduction mais d'attaque. Tout le monde sait bien que le renseignement, c'est la base d'une guerre rondement menée.

— Je ne sais pas très bien. Elle avait l'air un peu troublée, mais elle n'a pas démenti. Je ne pige plus rien à leur relation. Des amis ne s'embrassent pas comme ils le font. Il est impossible qu'elle soit libertine, sinon elle n'aurait pas réagi aussi vivement dans le club. Stones est insaisissable. À chaque fois que je pense savoir quelque chose, elle part dans une direction complètement différente. Enfin, je te laisse, je vais broyer du noir, et seul si possible.

Bon, là, je ne sais pas trop quoi lui répondre. Il paraît que je suis bien la dernière personne qu'il faudrait aller voir quand on est au plus mal. Je serais capable de rendre quelqu'un encore plus déprimé qu'il ne l'était au départ en quelque phrases. Je vais faire simple :

— À plus, mec !

Remarque à dix sur l'échelle de l'insensibilité, bravo Jax, me dit ma conscience. Je devrais être aussi déprimé que lui, mais je ne le suis pas. Je sais que je finirai par l'avoir. Il faut juste que je fasse preuve de patience. Tout à l'heure, quelque chose dans son attitude m'a dit ce que j'avais besoin de savoir. La forte attirance qu'il y avait entre nous est toujours juste en dessous de l'épaisse couche de colère. Elle est toujours à moi et l'a toujours été. Bien sûr, elle ne le sait pas encore, mais c'est un détail. *Let's go* vers le studio, pour le reste on verra après. Si les autres titres me viennent aussi vite que *Nothing*, j'aurai de la chance. Maintenant, je vais pouvoir me défouler sur la musique car je suis tendu comme un arc de ne pas avoir pu mettre mon poing dans la gueule de Jake et ne pas avoir pu baiser ma Stones.

Chapitre 17
« For Evigt », Volbeat

Dan

Je suis sur mon lit depuis je ne sais même plus quand. *Slash* tourne à plein régime sur mon enceinte Marshall. Cette journée ressemble un peu trop aux précédentes. D'abord, le rappel de mon passé dans le jet. Je pensais ensuite que le soleil était de retour quand j'ai pris Stones dans mes bras et qu'elle s'est blottie contre moi sur le chemin du village. J'avais presque réussi à occulter que je l'avais trouvée en train d'embrasser Jake. Et puis, il s'est chargé de me le rappeler avec la grâce de Hulk. Le fait de ne pas savoir ce qui se trame entre ces deux-là me plonge dans un océan d'insécurité. J'étais venu avec des espoirs, un semblant de plan d'action et quelques certitudes. Tout ça s'est fait la malle. Je ne sais plus ce que je dois faire. Peut-être que partir serait la meilleure solution. Après tout, elle ne m'a pas suivi quand je me suis tiré. Il est possible qu'elle ne partage pas mes sentiments, même si ça me tue de l'admettre. Je décide de commander un remontant au room service, quand quelqu'un tape doucement à la porte.

— Dan, s'il te plaît, ouvre, c'est Stones.

Je suis submergé par une vague d'espoir, mais cette fois, je refuse de lui faciliter la tâche. J'ai quand même ma fierté. J'ouvre la porte sans afficher le moindre sourire sur mon visage.

— Qu'est-ce que tu veux ?

Elle n'ose pas me regarder dans les yeux.

— Euh, je voulais m'excuser pour…

— T'excuser et pourquoi ? Tes excuses ne m'intéressent pas. Ce que je veux, ce sont des explications, savoir ce que tu attends de moi, ce qui se passe avec Jake, tout, merde ! Je t'ai déjà exprimé ce que je voulais, c'est à toi maintenant.

Je ne voulais pas m'énerver, pourtant c'est pile ce que je suis en train de faire. On est là comme deux cons à l'entrée de ma suite. Elle n'ose toujours pas me regarder. C'est un livre ouvert, son corps et son visage me disent tout de ses émotions : le trouble, la nervosité et même l'excitation. Je mets un doigt sous son menton pour qu'elle me regarde. Ses yeux immenses me foudroient et c'est comme si mon corps se mettait en mouvement sans l'y avoir invité. Je l'attire vers moi, inspire fort son odeur comme si je ne l'avais pas vue depuis des années. Elle ne dit rien mais son pouls s'accélère. Mes lèvres sèment de petits baisers sur la nuque, le menton, les lèvres. Je la plaque ensuite contre le mur et joue avec ses douces lèvres du bout de ma langue. Stones ouvre le passage pour laisser ma langue s'introduire doucement et la goûter. Mon érection durcit à mesure que sa langue danse avec la mienne. Elle se met à me dévorer et émet de petits gémissements qui enflamment mon corps.

— Stones… si tu continues, je ne vais pas pouvoir me retenir.

— Alors, ne te retiens pas.

Je la plaque encore plus fermement contre le mur. Elle est sublime dans sa robe noire qui laisse apparaître sa magnifique poitrine que je meurs d'envie de dévorer. Je baisse la première bretelle de sa robe puis la deuxième. Elle tombe à ses pieds et révèle ce corps sur lequel je ne cesse de fantasmer, sans sous-vêtements, en plus. Stones me regarde comme si j'avais commis un crime, se dandine et essaie de le cacher avec ses mains.

— Qu'est-ce que tu fais, ma belle ?

— Mais... je ne suis pas comme les femmes dont tu as l'habitude... Tu...

— Tu es la femme la plus sexy que j'ai jamais vue, alors ne te cache pas, surtout de moi.

Ses lèvres esquissent un sourire coquin l'espace d'une seconde. Mon corps se colle contre le sien comme s'ils étaient faits pour s'imbriquer. Ma bite, qui n'a jamais été aussi dure, bute contre son ventre. Ma bouche descend vers son cou. Mes dents l'effleurent d'abord doucement puis je le lèche. Ses gémissements s'intensifient. Je ne sais pas ce qu'il me prend, mais une envie de marquer mon territoire s'immisce en moi. J'aspire sa peau entre mes dents pour lui faire un joli suçon. Le voir apparaître n'arrange pas mon état. Ma bouche se dirige vers sa magnifique poitrine. Elle n'arrête pas de murmurer mon prénom comme une litanie. J'aspire un de ses tétons, le mordille et fais de même avec le deuxième. Son corps est tellement enivrant que je doute de pouvoir m'en sevrer un jour. Stones plonge ses doigts dans mes cheveux et enfonce ma tête entre ses seins. Je suis mort et je suis au paradis.

— Putain, ma belle, tu vas me faire jouir avant même que ta main touche ma bite.

Elle rougit. Je caresse ses joues et regarde ses yeux se voiler de désir. Je la soulève. Elle baisse la tête, étrangement refroidie.

— Pose-moi, je suis trop lourde.

— N'importe quoi, ma belle, laisse-moi m'occuper de toi comme j'en rêve depuis que je t'ai rencontrée, je meurs d'envie de te goûter.

Le fait d'être habillé alors qu'elle est nue me met dans une position très familière. Je la dépose délicatement sur le couvre-lit. Je m'installe au-dessus de son corps tellement hot. Je l'embrasse furieusement comme si je voulais effacer toute trace qui ne serait pas la mienne. Je me relève, enlève mon tee-shirt. Ses yeux sèment des flammes sur leur passage. Je retourne sur le lit pour lécher chaque centimètre de sa peau laiteuse. Ne tenant plus, je trace un chemin humide jusqu'à son nombril.

— Je rêve de ton goût depuis des jours, écarte les jambes et montre-moi ta chatte, ma douce.

— Dan… s'il te plaît.

Je me jette sur sa chatte brûlante et aspire goulûment son clito. Stones est trempée, brûlante, sucrée, si parfaite. Ses gémissements envahissent l'atmosphère. Elle me rend fou. Je lèche ses grandes lèvres. Je passe ma langue de haut en bas sur sa jolie chatte épilée. J'ajoute deux doigts et ma belle Stones commence à s'agiter et à m'enserrer de ses fabuleuses cuisses. Je prends le centre de son plaisir entre mes dents et la sens enserrer ma tête. Ses cris de plaisir, sa mouille que je lèche encore et encore, sa jouissance manquent de me faire jouir dans mon boxer comme un ado.

— J'ai besoin d'être en toi, je ne vais pas être doux, dis-je en enlevant mon jean et mon boxer d'un mouvement

Je prends une capote dans mon portefeuil. Quand je vous disais que j'étais de nature optimiste. Stones me regarde avec gourmandise l'enfiler sur ma bite. Elle m'attire vers elle et guide ma queue dans sa chatte. Je la laisse s'habituer à moi en l'embrassant comme un affamé. J'accélère le mouvement, je n'ai jamais connu pareille sensation. Il n'y a plus de Stones, plus de Dan, juste deux corps en communion sur le chemin du plaisir. Mon prénom sur ses lèvres me fait complètement vriller. Je la retourne sur le ventre et abats ma main sur son cul parfait. Elle gémit de plus belle et ne cesse de pousser sur ma bite. Je me mets à genoux et l'attire vers moi pour empoigner sa magnifique poitrine. Ma queue pressent les prémices de son orgasme. Je n'en peux plus. Je veux jouir en regardant son visage en pleine jouissance. Je la remets délicatement sur le dos sans sortir de son délicieux fourreau.

— Je veux te voir jouir, ma belle, ne ferme pas les yeux. Regarde-moi.

Mes coups de butoir la font trembler de plus en plus fort. Ses hurlements finissent par me faire jouir au fin fond de sa chatte en marquant son sein gauche de mes dents. Je suis mort et je suis dans le jardin d'Eden. Je roule sur le côté pour reprendre mes esprits, enfin autant que possible après un rêve éveillé. Je l'attire dans mes bras et lui caresse les cheveux. Des mots sont sur la pointe de ma langue, mais je sais que ce n'est pas le moment de les dire. Alors, à la place, je lui montre. Je lui embrasse les cheveux, la tempe, lui murmure qu'elle est parfaite. Stones semble en pleine confusion.

— Ma belle, c'était parfait. Tu es parfaite, reste avec moi cette nuit.

— Je suis tellement bien ici dans tes bras comme ça. Alors, c'est ça, dit-elle gênée, qu'est-ce qu'on est censé faire maintenant ?

— Tout ce que tu voudras, ma belle.

Elle me sourit et s'endort paisiblement dans mes bras. Je sais qu'on n'a rien réglé, mais ce que j'ai ressenti quand j'étais en elle était inédit. Je tombe dans un sommeil réparateur avec la certitude que quoi qu'il se passe, je ne la laisserai pas partir.

Chapitre 18
« Instant History », Biffy Clyro

Stones

Les rayons du soleil réchauffent ma peau. Je m'éveille doucement heureuse et pleinement satisfaite dans les bras d'un magnifique apollon. Dan ouvre les yeux et me sourit.

— Tu as bien dormi, ma belle ? dit-il d'une voix ensommeillée tellement sexy.

— Oui, super bien.

Il se redresse pour s'asseoir et m'invite à m'installer contre son torse.

— Hier, nous avons laissé parler nos corps, mais on va devoir parler vraiment. Je sais ce que je veux, mais j'ai besoin de savoir ce qu'il en est de ton côté ma douce.

— Je ne sais plus vraiment. J'avais des certitudes, je savais ce que je voulais. Tout est en train de voler en éclats.

Il me serre un peu plus fort et m'embrasse dans les cheveux. C'est bien normal qu'il veuille savoir où il va. On est deux dans ce cas.

— Toi et moi, toi et Jake, toi et Jax, j'avoue que je ne te suis plus très bien. Tout ce que je sais c'est que je veux être avec toi. Quoi que tu décides, ça ne changera pas, m'assure-t-il.

— Et si je voulais tout ? rajouté-je en y réfléchissant pour la première fois.

— Eh bien, tu aurais tout. Comme je te l'ai dit, je serai celui dont tu as besoin.

Il me fait une grimace craquante.

— Mais, j'y pense, je n'ai pas eu mon bisou du matin.

Tout a l'air si simple quand c'est Dan qui l'explique. Je l'embrasse, lui caresse les cheveux, je me sens tellement bien. Je coupe court, sinon on ne va jamais sortir de cette chambre. Il va falloir revenir à la réalité, je sens que tout ça ne va pas être simple.

— Il va falloir qu'on descende pour le petit déj". Jake doit me chercher partout.

— J'irai où tu veux, ma belle, mais tu sais pour le petit déj", c'est quand on veut. Jax a privatisé les deux hôtels, lance-t-il comme s'il parlait de la pluie et du beau temps.

— Il a quoi ? Non mais ce n'est pas possible, ce type est un vrai maniaque du contrôle. Au fait, comment vous m'avez retrouvée ? Je n'ai rien dit à personne.

J'ai beau réfléchir, je ne vois pas. Seul Jake était au courant et il n'aurait rien dit car il aurait eu trop peur que je le zigouille. Enfin, j'espère pour lui, sinon je lui règle son compte. Dan évite mon regard.

— Euh, bon, d'accord… Je t'ai tracée grâce à une photo Insta de Jake, mais je m'en voulais tellement pour l'épisode du club libertin. Il fallait que je te retrouve, j'ai besoin de toi.

Il n'y a pas à dire, question déclaration, Dan assure autant que Roméo. Au début de sa phrase, j'avais envie de lui foutre une baffe et maintenant j'ai envie de l'embrasser, la faute à son sourire qui devrait être interdit, aux tatouages magnifiques qui ornent ses bras, à toute sa personne en fait. En parlant de ses tatouages, j'aimerais passer des heures à les détailler. C'est un enchevêtrement de mots et de végétaux très original. Je n'ai jamais rien vu de semblable. Je n'ai jamais rencontré quelqu'un comme lui. Ce qui veut dire que la situation se complique encore un peu plus. Je me lève, ramasse ma robe auprès du lit et la remets. J'avance vers lui à quatre pattes sur le lit et l'embrasse.

— Je vais y aller, je dois parler à Jake. On se retrouve tout à l'heure si tu veux bien.

— Ok, ma douce, je vais prendre une douche, dommage que tu ne m'accompagnes pas.

Ma douce ? Il y a vraiment des hommes qui disent ça ? Apparemment oui. Je suis vraiment devenue une dévergondée. BREAKING NEWS : Stones part en live, c'est une dévergondée et elle se fait appeler ma douce. Bon, on va essayer de faire les choses dans l'ordre. Je retourne dans ma suite pour parler à Jake et ensuite on verra. J'amorce ma descente. J'espère que je ne vais croiser personne parce mon allure débraillée serait du plus bel effet, c'est clair. Je me sens curieusement bien dans ma peau. J'ai un peu maigri à cause du jogging, de la randonnée, pas du régime parce que je mange n'importe quoi depuis que je suis partie de Bruxelles. Mais ce n'est pas ça. C'est l'effet Dan. Bien sûr, Jake m'aide aussi beaucoup, mais je me suis toujours dit que le fait qu'il me connaissait depuis longtemps déformait l'image qu'il avait de moi. Dan a vénéré mon corps, l'a marqué et c'est comme si je n'étais plus tout à fait la même. Résultat des courses : je me retrouve avec un suçon de la taille de la Corse sur le sein et un autre plus discret mais tout de même visible sur le cou à la *Vampire Diaries*. Si je voulais passer pour une petite innocente, c'est foutu. J'ouvre la porte de la suite et tombe sur le corps nu de Jake emmêlé dans les draps. Je m'allonge à ses côtés et lui caresse les cheveux pour le réveiller tout doucement. Il se retourne et s'étire. Il effleure mon suçon du bout des doigts.

— Je vois que tu t'es bien amusée, ma chérie. Dan ?

— Élémentaire, mon cher Watson. Et toi, Pete ?

— Disons que la réconciliation sur l'oreiller a à moitié marché. Il a fait son prude après une séance de flirt poussé, il a dit qu'il avait besoin de réfléchir contrairement à sa queue qui avait l'air plus que d'accord. Fais-moi un bisou pour me réconforter.

Je l'embrasse en me disant que je suis décidément les deux pieds dans ce monde que je fuyais depuis des années.

— Encore trop d'infos. Tu ne penses pas que tu lui en demandes trop ?

— Si m'accepter comme je suis est trop demander, alors on n'a rien à faire ensemble. Et toi, comment tu te sens par rapport à Dan, Jax et tout le reste ? Si ça continue, on va devoir faire un planning avec un code couleur pour s'organiser, ironise-t-il.

Je pense qu'il parle de lui quand il parle de tout le reste. Si c'est le cas, c'est vraiment le « tout le reste » que j'ai le plus de mal à définir. Je crains tellement de perdre notre amitié au profit de ce je ne sais trop quoi. Autant mettre cartes sur table.

— Et si je décidais de ne pas choisir, si je voulais tout ? J'ai tellement peur de te perdre et de gâcher ce qu'on a.

— Ma chérie, viens là, dit-il en me prenant dans ses bras. Je ne t'ai jamais demandé de choisir. Je veux que tu sois toi-même, que tu aies tout ce que tu veux. Tu ne me perdras jamais, j'ai trop besoin de toi, de nous, pour être moi-même. Je comprends parfaitement qu'il te faille plus de temps pour sauter le pas avec moi, mais je patienterai le temps qu'il faudra. Sinon, tu oublies l'info cruciale. Dan est un bon coup ?

Je mords ma lèvre en repensant à cette nuit et aux sensations inédites que j'ai éprouvées. Mieux vaut ne rien dire, sinon ça va être le *Money time*.

— Je te laisse, je vais prendre une douche.

— Tu as raison, tu as un look retour de baise et ne crois pas que je n'ai pas vu comment tu te mordillais la lèvre. J'étais sûr que ce Dan cachait bien son jeu. Laisse-moi de la place dans la douche, j'arrive !

J'enlève ma robe et entre dans la douche suivie de près par Jake nu comme un ver. Je pars en live total. Je viens de quitter un mec, et là je prends une douche avec Jake. Quand il disait que je vivais sur pause jusqu'à maintenant. C'est clair que ma vie vient de prendre un coup magistral d'accélérateur. Mes muscles se détendent sous l'eau brûlante. Je me fais l'effet d'une femme totalement dépravée et le pire c'est que je ne suis pas certaine que ça me dérange. *Eh oui, la morale, c'est surfait*, me dit ma garce intérieure. Il me regarde d'un air satisfait et me plante un bisou sur les lèvres.

— J'ai hâte que tu me laisses te salir pour te nettoyer ensuite.

Je suis sur le point de dire quelque chose quand il met un doigt sur ma bouche.

— Ne t'en fais pas, ma chérie. Je sais que tu n'es pas prête, mais ça ne m'empêche pas d'avoir envie de toi. File, je te rejoins au petit déj'. Il y a quelque chose pour toi sur le portant.

Mais qu'est-ce qu'il m'a encore préparé ? Finalement, ce n'est pas si mal, je n'ai pas l'air d'une aubergine ni d'un soldat. Pourtant, c'est une robe kaki cloutée à certains endroits. Je l'enfile et elle est aussi fluide que celle d'hier. J'ajoute un short en dessous parce que je ne sais pas ce qui est au programme d'aujourd'hui. Être ronde sous cette chaleur, ça demande certaines mesures essentielles, surtout si vous avez les cuisses qui se touchent. Le glamour du *thigh gap*, c'est pas du tout le genre de la maison. Cela dit, quand je sens le regard chargé de désir que Dan pose sur moi, ça vaut le coup. Enfin des fringues dans lesquels ne me sens pas boudinée. Un coup de peigne, une touche de maquillage et de la crème solaire et me voilà prête. Je descends et pars en quête du petit déj". J'ai fait des folies de mon corps' alors j'ai la dalle. Moi, Stones, je viens de passer la nuit avec un putain de canon sur pattes. Si j'avais vu l'info sur le web, j'aurais pris ça pour une *fake news*. Je croise Valérie qui me dit qu'il a été servi dans le studio aménagé dans l'autre hôtel, j'apprends par la même occasion qu'elle voudrait que je les accompagne en repérage. Elle ne manque pas d'ajouter quelques remarques sur le physique avantageux du groupe de mecs qui vient de débarquer. Non mais sérieux, une femme mariée. Remarquez, c'est comme aller au musée tant qu'on ne touche pas, *no problem*. Je n'ai pas le cœur de refuser pour le repérage, mais ça ne va pas être triste avec le caractère de merde de Lucifer qui se comporte comme s'il avait ses règles en permanence.

En route vers l'enfer, je traîne des pieds. Je monte les quelques marches qui me séparent du studio improvisé. Je suis surprise de tomber sur Jax qui chante une chanson de Pink.

Pretty, pretty please

Don't you ever, ever feel

Like you're less than fuckin' perfect

Pretty, pretty please

If you ever, ever feel

Like you're nothing, you're fuckin' perfect to me

Voir la rockstar en proie à l'émotion, c'est comme si je le voyais sous un jour nouveau. Ses sourcils sont froncés sous l'effet de la concentration. Une mèche couvre ses yeux. Je ne suis jamais autant attirée par lui que quand il prend l'apparence d'un ange déchu. Il ne chante pas n'importe quelle chanson, c'est une chanson qui parle de manque de confiance en soi. Une discipline que je pratique depuis des années. Sa voix lui donne une dimension différente. Elle est plus hard rock dans la lignée d'une balade de Metallica ou Volbeat. Je suis sous le charme de cet aspect plus sentimental de sa personne que je n'avais jamais vu auparavant. Je m'avance vers lui et il relève la tête. Il arrête de jouer, me regarde et je me sens totalement impuissante face à son magnétisme, comme d'habitude.

— Stones.

— Jax.

— Je venais juste prendre le petit-déj', il paraît qu'il a été servi ici, annoncé-je.

Lucifer se renfrogne.

— Putain, ça va être comme ça maintenant entre nous ? Tu ne vas plus me parler ? Je préférais encore quand tu me gueulais dessus.

— Merde, Jax, tu me pièges dans un club libertin. Tu te fous de ma gueule. Qu'est-ce que tu attends de moi à la fin ? hurlé-je.

Il pose sa guitare, se frotte les yeux et se poste devant moi. Il est trop proche, beaucoup trop proche, mais je n'arrive pas à reculer. Je n'arrive pas à m'éloigner alors que je sais que c'est ce que je devrais faire. C'est ce que toute personne saine d'esprit ferait, mais comme ma santé mentale doit se trouver sur Mars à l'heure qu'il est... Il se met à genoux devant moi et enroule ses bras autour de mon ventre. Qu'est-ce qu'on est supposé faire quand un loup se transforme en agneau ? Ou quand un *bad boy* ultra sexy est à vos pieds ? Appeler les secours ? Se téléporter sous une douche froide ? « Go go gadget nouvelle culotte » ça existe dans *Inspecteur Gadget* ? Il relève la tête :

— Putain, Stones, tu me rends fou, tu es ma drogue. J'ai merdé et probablement que je vais encore merder, mais reste. Reste juste pour que je puisse ne plus avoir mal. Je ne pense qu'à ma gueule, mais j'ai besoin de toi, de ta lumière, de ton ombre. Gueule-moi dessus, frappe-moi, ignore-moi, mais reste, lâche-t-il d'un coup.

Alors, celle-là, je ne m'y attendais pas. Je ne sais pas quoi répondre. Que pourrais-je répondre ça ? Tout ça à l'air complètement surréaliste encore plus que ces derniers jours. Avec Lucifer, c'est comme ça, à chaque fois que tu crois que tu as cerné le personnage, il fait un truc complètement barré qui te renvoie en pleine incertitude. En même temps, je suis incapable de lui résister et c'est bien là le problème. C'est comme si un courant me poussait vers Lucifer depuis que je l'ai percuté. Son air apeuré me fait de la peine et comme on ne frappe jamais un homme à terre...

— Lève-toi, on va prendre le petit-déj' et parler parce qu'à l'évidence, on n'est pas très fort à ce jeu-là.

Un buffet a été dressé pour tout un hôtel alors qu'on n'est même pas quinze. En même temps, ces mecs mangent comme des ogres vu leurs gabarits. Lucifer a privatisé tout l'hôtel. Eh oui, monsieur ne supporte pas de se restaurer en compagnie de Monsieur et Madame tout le monde. On s'apprête à s'asseoir quand Dan débarque avec un grand sourire suivi de près par Jake, Kyle et le reste du groupe. On est au complet pour la réunion au sommet des bras cassés des sentiments. Jake s'installe à mes côtés et me prend la main sous la table. Sympa le petit-déj', je sens qu'on va s'éclater. Dan m'apporte un café en souriant :

— Tiens, je n'ai pas trouvé ton café glacé, mais si tu me dis où il y a un Starbucks ici, je t'en trouverai un ma belle.

On éclate de rire avec Jake. Eux, ils débutent. Nous, on est des pros de la Cappadoce. On sait parfaitement que les chances qu'un Starbucks s'installe ici sont aussi minces que celles que j'ai de rentrer dans du 34. Dan semble ne pas comprendre notre trouble.

— Tu sais trouver un expresso ici, c'est déjà presque mission impossible, alors un Starbucks ! Au fait, Valérie m'a dit que je devais accompagner le groupe en repérage. Vous savez où vous voulez aller ?

Kyle revient avec son assiette pleine de fruits. J'espère qu'il n'aura pas la turista parce que c'est courant ici.

— Je ne sais pas si l'abruti qui nous sert de chanteur t'a dit, mais on aimerait que tu chantes sur notre nouveau titre, annonce-t-il avec un sourire jusqu'aux oreilles.

Non mais ça ne va pas bien, je ne suis pas chanteuse, moi ! En plus, qui dit chanter dit être exposée et ça c'est hors de question. Ils ont tous de sérieux problèmes. Ce n'est plus une équipe de psy qu'il va nous falloir, c'est un asile de campagne qu'on va monter sur le parking de l'hôtel.

— Je ne suis pas chanteuse, vous êtes dingues.

— Ce n'est pas ce que j'ai entendu à Londres. Tu as une voix de dingue. Pourquoi on ne ferait pas un essai ? ajoute Kyle avec un regard suppliant.

Tout ce petit monde me scrute avec attention comme s'il attendait ma réponse. J'ai tellement de raisons de dire non que ce n'est même plus drôle. Premièrement, ça m'obligerait à me coltiner le chanteur du groupe et quand on voit le résultat quand on travaille ensemble : *no comment*. Deuxièmement, je n'ai jamais vraiment chanté, à part dans une pauvre chorale d'église avec des vieilles qui perdaient la boule. Et enfin, c'est un groupe connu, déjà que j'ai un article à mon actif, c'est hors de question.

— C'est non.

— Tu le feras, prévoit Lucifer sûr de lui.

— C'est ce qu'on verra. Je te le répète, je ne suis pas chanteuse. Trouve-toi quelqu'un d'autre.

— C'est toi que je veux et j'obtiens toujours ce que je veux.

Je préfère ignorer le double sens de ses paroles. Je l'ai retrouvé hier et il me met déjà hors de moi. Mieux vaut faire comme s'il n'avait rien dit, comme s'il n'était pas là. Il a réussi l'exploit de me couper l'appétit, alors que j'avais super faim avec la nuit que j'ai passée avec mon gentleman sexy. Depuis qu'il est arrivé à table, il ne cesse de me bouffer des yeux et je ne suis pas en reste.

— Tu as bien dormi, ma douce ? demande Dan en me faisant un clin d'œil.

— J'ai passé une nuit délicieuse.

Lucifer est de nouveau en mode caca nerveux, un vrai bébé pourri gâté. Je vois, monsieur est libertin quand ça l'arrange. Revenons à nos moutons.

— Alors, les gars, on part quand pour le repérage ? Le minibus devrait nous attendre devant l'hôtel dans une dizaine de minutes. Quelqu'un aurait la liste des lieux qu'on doit repérer ?

Karl me la file sans décoller les yeux de son portable. Je crois que je ne l'ai jamais vu sans. Je ne suis même pas sûre que je le reconnaîtrais sans un smartphone devant le visage. Tous des cas, je vous le dis.

— Ilhara, Uchisar, la vallée de l'amour et Pasabag. Ok, on décolle, Jake et Dan, vous venez avec nous ? demandé-je en prenant un morceau de cake pour la route.

— Pas cette fois, je vais essayer de parler à Pete et puis j'ai assez taquiné le rocher pour des années, plaisante-t-il en me plantant un bisou sur la joue.

— Avec plaisir, ma douce, accepte Dan avec un grand sourire.

L'attitude de Dan a l'air d'énerver Lucifer. J'ai l'impression qu'il en fait des tonnes, juste pour le faire chier. En même temps, il est tout le temps l'air furax, donc c'est difficile à dire. Je suis sur le point de partir quand il me prend la main.

— Tu ne prends pas le minibus. J'ai loué un scooter. Tu viens avec moi, ma Stones.

C'est plus un ordre qu'une demande. De toute façon, qui oserait contrarier le maître de l'enfer ? Mais, au fait, ici les gens conduisent comme des tarés ici. Alors, c'est non, non et re non.

— Un scooter, ici ? Non mais sérieux, je tiens à ma vie, je vais dans le minibus avec les autres.

Il ne s'occupe ni de mon avis ni de Dan qui lui fait son regard le plus noir et m'emporte sur son épaule comme un sac à patates. Combien de fois vais-je devoir répéter que je suis trop lourde ? Si ça continue, il va y avoir foule chez le chiropracteur des bourges. J'essaie de me débattre comme un poulet qui essaierait d'échapper à l'abattoir. Mais rien n'y fait, ce type est un colosse. En réponse à ma tentative de fuite grotesque, j'ai le droit à une grosse tape sur le cul. Arrivés devant ledit scooter noir comme l'âme de son conducteur, il me pose dessus avec autorité et m'enfonce un casque sur la tête. Heureusement que j'avais mis un short en dessous de ma robe sinon tout le monde aurait une vue imprenable sur mes fesses. C'est clair que Lucifer n'est pas du genre à faire dans la dentelle. Il prend ce qu'il veut et si tu n'es pas contente, ça ne sert à rien de te plaindre car Lulu s'en bat les couilles comme de sa première fourche.

Chapitre 19
« Chelsea Dagger », The Fratellis

Jax

Je la pose sur le scooter et lui enfonce un casque sur la tête. J'ai bien sûr pris la peine de louer des casques avec système de communication. Ça coûte un bras, mais je m'en cogne, il faut qu'on reprenne le contact parce que sinon on ne s'en sortira jamais. J'ai adoré la sentir contre moi la dernière fois sur ma moto. Je me suis dit que j'allais en louer une pour réitérer l'expérience, mais apparemment ce n'est pas l'endroit idéal pour faire de la moto avec une passagère. C'est plutôt genre motocross, petit plaisir que je me réserve pour plus tard avec les gars si on a du temps. J'ai pensé qu'on aurait le même feeling sur le scooter, rapport à la position. Je me grouille de démarrer en suivant le minibus avant qu'elle change d'avis. Dès que j'accélère, ses bras m'enserrent si fort que je ne peux quasiment plus respirer. J'adore la sensation de ma furie qui se cramponne à moi comme si j'étais son ancre. *Elle a belle allure, l'ancre*, me dit ma conscience. C'est le moment ou jamais de reprendre le contact.

— Ça va, ma Stones ?

— Tu fais chier, on va se tuer et tu auras ma mort sur la conscience.

— Tu exagères. Je suis un excellent conducteur. Je t'emmènerai où tu voudras sur ma monture.

Ok, ça va, c'est pourri, mais il faut que je la déride à tout prix, sinon ça ne va pas le faire.

— Tu ne sais même pas où on va et tu suis un minibus. Dans le genre rebelle en *road trip*, tu repasseras.

Quelques phrases et je suis déjà à l'étroit dans mon boxer. Elle me provoque et je bande comme un âne à chaque fois. Stones est la seule qui ose s'en prendre à moi. Les autres femmes, elles croient me vouloir. Elles fantasment, mais je leur fais peur, elles ne seraient pas de taille à composer avec moi de toute façon. Ma furie n'a pas peur de moi et elle n'est jamais plus sexe que quand elle se la joue walkyrie.

— Probable, mais tu es coincée avec moi. Alors, revenons-en à notre petit business du moment : tu vas chanter sur notre nouveau titre.

Je n'ai pas le temps d'admirer le paysage qui a l'air pas mal si on aime le genre désertique. J'ai des comptes à régler avec ma passagère hargneuse.

— Hors de question !

Putain, est-ce qu'un jour elle va faire ce que je lui dis ? Aux grands maux, les grands remèdes.

— Tu acceptes de chanter ou j'accélère ?

Ma sexy Stones me teste encore. Elle croit que j'en ai quelque chose à foutre de risquer ma vie ? Elle me connaît mal si c'est ça. Alors que j'accélère, ses bras se resserrent encore davantage me coupant presque la circulation. Je pousse la bécane au max pour lui foutre la frousse.

— Tu chanteras avec nous, réfléchis bien à ce que tu vas répondre. Je suis un fou furieux, je n'ai peur de rien, rappelle-toi.

Le scooter montre des signes de fatigue. C'est vrai qu'il a l'air d'avoir connu des jours meilleurs. Il grogne comme une vieille pétrolette. Je suis à deux doigts de me ralentir, mais ma fierté m'en empêche. Heureuse, elle abrège mes souffrances :

— Arrête ! Ok, ok, je chanterai, mais arrête s'il te plaît. On est arrivé arrête-toi, supplie-t-elle.

J'ai tellement accéléré que le minibus n'est pas encore là. Ma Stones descend du véhicule, balance son casque par terre et me pousse de son doigt sur mon torse.

— Putain de merde, tu es bon à enfermer. Je vais te dézinguer et cacher les restes de ton corps dans une maison troglodyte.

C'est clair que le côté walkyrie est bien là. Je l'ai transformé en psychopathe à la Dexter. Je ne dois pas être normal parce que ça ne me fait même pas débander. Je remarque qu'elle tremble, sûrement à cause de l'adrénaline. Je l'attire dans mes bras, elle se débat d'abord avec ses poings puis se blottit contre moi. Son odeur de plage m'a tellement manqué. Si je pouvais, je la prendrais à même le scooter, mais ça ne va pas être possible. Le minibus va bientôt débarquer. J'en profite pour aborder un sujet essentiel :

— Maintenant, tu pourrais me dire pourquoi tu as réagi comme ça au K ? Tu n'étais pas juste surprise, tu étais bouleversée.

Elle me regarde comme si j'avais tué une portée de chiots. Elle soupire.

— Mes parents sont libertins et j'ai grandi avec ça depuis mon plus jeune âge. Tout leur entourage est au courant, ce sont de vrais descendants de hippies. J'ai toujours fui tout ce qui se rapporte à ce monde et maintenant je ne sais pas, c'est compliqué…

Putain, si je m'attendais à ça. Je comprends mieux pourquoi elle a piqué une crise. Le meilleur de tout ce laïus, c'est que la fin de phrase laisserait présager un possible, avant que le minibus arrive. Elle se sépare de moi comme si quelque chose l'avait brûlé, sans doute par rapport à Dan.

En parlant de ce traître, ce que j'ai vu au petit-déj' ne m'a pas plu des masses. Il y a eu bite dans chatte, c'est clair. Ça me fait chier au point que j'ai envie de me défouler sur un sac de frappe, mais j'ai comme l'impression que je vais devoir faire avec. Je ne contrôle rien et ça craint à mort. Et comme à chaque fois que la situation m'échappe, j'ai envie de me défoncer. Jiminy m'a dit que je pouvais me faire un joint de temps à autre. Il est passé par les mêmes galères de poudre que moi et il sait à quel point on peut être à cran. Pas sûr que le centre de désintox approuverait, mais bon. Koll doit avoir du matos, donc peut-être ce soir.

Stones se dirige vers Dan, qui arbore un air pas content du tout, et Kyle. Première étape : Pastabag ou Pababag, qu'est-ce que j'en sais ? Elle nous explique que c'est parfait comme lieu de tournage, mais qu'il faudra une autorisation. On pourra même faire des plans plus larges à quelques minutes. C'est vrai que c'est une idée géniale.

— Ça va être un truc de malade, les gars ! dis-je soudain euphorique.

Koll descend du minibus en manquant de se ramasser avec son espèce de djellaba jaune pipi. Putain, il s'est cru au Maroc. Il écarte les bras genre Moïse qui sépare l'océan.

Au secours ! Qu'est-ce qu'il va encore nous sortir ?

— Les gars et Sun, nous allons joindre nos mains pour ressentir les énergies de ce lieu millénaire et nous reconnecter à notre mère Nature.

— Putain, Koll, tu pètes encore un câble. Freine la weed, plaisanté-je.

— Formons un cercle et recueillons les énergies de cette terre ancestrale, ordonne-t-il en se foutant de ce que je viens dire.

Du coup, on est là comme des cons en cercle à attendre le déluge ou que les petits hommes verts nous embarquent. On a du mal à contenir notre hilarité, mais comme d'hab', on le suit dans son délire. Notre apprenti gourou poursuit :

— Joignons nos mains pour communier avec cette terre mystique.

Terre mystique, mon cul, ouais, il y a des roches en forme de phallus tout autour de nous. J'ai un mal fou à me concentrer. Je prends quand même la main de ma furie. Après tout, c'est une bonne excuse pour me délecter de la douceur de sa peau. Et, bien sûr, Dan prend l'autre en lui souriant comme une groupie en manque. On a l'air bien, une ronde de fêlés en plein milieu de nulle part. Koll ferme les yeux comme si une puissance étrangère était en train de communiquer avec son âme. Stones pouffe de rire. Je suis tellement dingue de ce son que j'adorerais l'enregistrer pour me le repasser en boucle ou en faire un *sample* pour l'un de nos titres. Notre Viking préféré fait une drôle de tête, comme s'il était en train de pousser. C'est tellement bizarre que je ne peux m'empêcher d'éclater de rire à mon tour. Heureusement qu'on est à l'abri des charognards, sinon je ne donnerais pas deux heures avant de trouver la rumeur de notre implication dans une secte partout sur le net. Ce type est toujours dans son monde d'illuminés, le reste de notre petite ronde rit aux larmes. On devrait vraiment faire une docufiction sur ce gars. Ma délicieuse furie me regarde les larmes aux yeux. Finalement, Sun, le surnom que lui a donné Koll, lui correspond assez bien. Maintenant que je connais cette lumière qui éclaire ma noirceur, comment pourrais-je m'en passer ? C'est simple, c'est impossible.

Bon, ce cirque kollien, ça va bien deux minutes. Je lui tape sur l'épaule pour qu'il reprenne contact avec la terre.

— Allo, Koll, ici la terre, dis-je d'une voix de robot.

Il ouvre les yeux immédiatement comme s'il était sonné. Il sourit à la Joker. Putain, Koll, je ne suis pas rassuré.

— J'ai communiqué avec mon moi profond. J'ai eu accès à mes vies antérieures. J'étais sûr qu'il nous fallait une retraite spirituelle. Tu as du papier ? J'ai notre nouveau titre !

Il est loin mais loin. Je sors le carnet et le stylo que j'ai toujours dans la poche et lui tends. Il se précipite autant que possible avec un tel accoutrement vers un rocher et se met à écrire comme un dératé. Bon, on verra bien ce qui sort de son cerveau zarb'. Je vais plutôt voir s'il nous faut d'autres lieux ou si on s'arrête ici, vu le potentiel. En plus, ça a l'air de mettre Koll dans tous ses états. C'est étrange, mais quand un lieu lui fait cet effet, il assure à mort.

Je me balade entre les bites en roche à la recherche de ma Stones. À la place, je tombe sur Karl qui mitraille tout avec son appareil. Le taf d'abord :

— T'en penses quoi, mec ?

— On pourrait faire une amorce ici avec un *close-up*, filmer en nuit américaine pourrait être cool, mais le contraste serait plus sympa *by night*. Je vais voir avec la team, mais si c'est possible de le faire en champ contre champ, ça va tout déchirer.

Je lui tape sur l'épaule en faisant semblant d'avoir compris ce qu'il raconte. Il me faudrait vraiment un interprète pour capter ce qui sort de sa bouche. Entre Koll et lui, on navigue en plein délire.

— Si tu le dis mec. Tu penses qu'on a besoin d'aller repérer les autres lieux ? demandé-je, dans un espoir de clarifier le truc.

— Contrairement à ce que je pensais, on a tout ce qu'il faut et ce n'est pas loin de l'hôtel. C'est impec'. Je vais aller briefer l'équipe technique pour qu'on prépare le planning tournage.

Ah ben voilà, enfin une phrase que je comprends. La bonne nouvelle, c'est qu'on avance et qu'on a le lieu. Il faudra juste transporter les instruments le temps d'une journée pour faire toutes les prises où ils apparaissent. Je pars à la recherche de ma furie parce qu'on n'a pas tout réglé et surtout parce que je dois m'assurer qu'elle va bien chanter sur *Nothing*. Il faut à tout prix qu'elle enregistre en rentrant à l'hôtel. Dit comme ça, je me fais l'effet de Tom Cruise dans *Mission Impossible*. Votre mission, si vous l'acceptez, est d'enlever Stones pour l'amener au studio d'enregistrement de l'hôtel puis dans votre lit si possible. Pour ce faire, vous disposez d'un niveau de patience de zéro pour cent et d'un niveau d'hostilité de la cible à cent pour cent. Génial.

Je slalome entre les cheminées de fée. D'après Kyle, ça s'appelle comme ça. J'ai plutôt l'impression qu'on se trouve dans un parc à thème sur les bites. Je suis sûr que ça aurait du potentiel chez les nymphos. Qu'est-ce que je peux débiter comme conneries à la minute. C'est dingue ! Il est vrai que c'est paisible, ça change de l'hôtel. Je poursuis mon exploration quand j'entends des rires. Il y a une échelle qui mène à une espèce de maison creusée dans un rocher. J'arrive en haut, j'ai enfin trouvé ma furie mais en charmante compagnie. Dan est en train de lui rouler le patin du siècle. Ses petits gémissements réveillent instantanément ce qu'il y a dans mon pantalon. Je suis figé, non pas par la colère comme on pourrait s'y attendre, mais par l'excitation. Le voir lui dévorer la bouche, jouer les voyeurs m'excite d'une force que je n'aurais jamais pensée possible. Je n'ai jamais été du genre spectateur, mais de toute façon depuis Stones, toutes mes croyances foutent le camp. La voir excitée et soumise à la volonté de mon pote m'enflamme. Je me délecte de la voir si chaude, si offerte. L'observation, ça va un moment, mais le brasier allumé dans mon corps me dirige vers eux. Mes mains se posent sur son cul parfait. J'avance et me colle directement contre son dos. Leurs regards surpris me montrent qu'ils n'avaient pas remarqué ma présence dans les brumes du plaisir. Le temps s'arrête, ma Stones hésite, se crispe. Son regard prend une couleur plus sombre. Elle pose sa tête sur mon épaule nous laissant une vue imprenable sur son opulente poitrine. J'explore sa crinière de mes doigts. Dan me lance un regard interrogateur puis sourit en reprenant là où il en était. Avisant le suçon de Dan, j'aspire la peau tendre de son épaule comme si je la faisais mienne. Voir un début de marque apparaître à côté de celle de Dan m'embrase. Elle laisse Dan lécher son décolleté pendant que je dévore sa sublime bouche. Ses dents me mordent les lèvres avec tant de ferveur que je ne sais plus où je suis. Dan la plaque contre moi. Je me frotte comme un possédé contre son cul alors qu'il soulève sa robe pour éviter de céder à ses pulsions en la déchirant. Je suis sur le point d'ouvrir mon jean quand une voix se fait entendre. Putain, fait chier, on nous dérange alors que j'allais enfin obtenir ce que je convoitais.

— Les gars, vous êtes décents ? On a besoin de vous, les petits coquins, se moque Kyle.

Il doit être en bas de l'échelle si j'en crois l'écho. Ce type a un don très particulier pour être au mauvais endroit au mauvais moment. Ce n'est pas la première fois qu'il se pointe en pleine action. Il faudra que je lui en touche deux mots à ce petit con. Stones réajuste sa robe en marmonnant :

— Mais qu'est-ce que j'ai encore foutu ?

Elle baisse la tête et fuit notre regard. Ça ne va pas recommencer. Hors de question que ma furie se la rejoue « on va faire comme s'il ne s'était rien passé, on reste pro bla-bla-bla ». De toute façon, elle a démissionné donc je ne suis plus son boss pour le moment. Il s'est passé ce qu'il s'est passé et j'ai bien l'intention de faire que ce qu'il s'est passé se reproduise le plus tôt possible et le plus souvent possible. Je ne sais pas si je me fais comprendre. Elle est sur le point de se tirer une fois de plus. Cette putain de mauvaise habitude commence à me soûler. Je ne vais pas la laisser s'échapper cette fois.

— Qu'est-ce que tu fous encore ?

— De quoi tu parles ? rétorque-t-elle pas le moins du monde impressionnée par mes éclats de voix.

— Je parle de toi qui détales comme d'hab', de Dan et moi que tu laisses une fois de plus en plan comme des cons.

Si les yeux de Stones étaient des missiles, c'est clair que je serais déjà dans un corbillard vers le cimetière le plus proche. Je ne serais pas en route vers l'église. J'ai toujours eu la frousse que les gargouilles me pulvérisent. En même temps, une fois que tu es un macchabée, on ne peut pas te tuer une deuxième fois. Il faut vraiment qu'elle me rende dingue pour que je pense à des conneries pareilles.

— Je ne détale pas, je reprends mes esprits.

— Ouais, c'est ça. Tu sais quoi miss Stones je détale, je vais te dire comment ça va se passer, on règle ce qu'on doit régler à Pastabac ou le royaume des bites. On t'enregistre sur *Nothing*. Ensuite, on dîne tous les 3 en privé. Quitte à mettre les choses au clair, autant qu'il y ait de l'alcool et des trucs à se jeter sur la gueule, plaisanté-je dans une pauvre tentative de détendre l'atmosphère.

Cette perspective a l'air de la tenter autant qu'une coloscopie. Ses immenses pupilles se déplacent vers Dan en lançant un SOS. Il a l'air aussi happy que moi, c'est-à-dire aussi engageant que son paternel. Et je vous assure que le Caleb file encore plus la frousse, encore plus que le Jacob. Je crois bien qu'il ne va pas venir à sa rescousse, cette fois.

— Il a raison, Stones. Dîner, ce soir, toi, moi, lui et quelque chose me dit que ce ne serait pas du luxe de convier Jake à cette petite réunion festive, ironise-t-il.

— Ok, c'est bon, vous avez gagné, bande d'enfoirés, vocifère-t-elle en tapant du pied comme une gamine.

Bande d'enfoirés ? J'ai l'impression que ma furie a un peu trop traîné avec moi. Toute furie qu'elle était, elle utilisait un langage un peu plus classe auparavant. Malgré mes efforts pour la retenir par le bras, Stones se tire quand même. Elle fait mine de claquer la porte sauf qu'il n'y en a pas. Eh ouais, les maisons de rochers, c'est plus ce que c'était. Bon, c'est parti pour le *Walk of Shame* de l'année. Je marche vers la sortie et m'interromps quand un cri retentit. J'accélère autant que me le permet mon érection tenace. Une femme à terre ! Je descends et m'agenouille à ses côtés.

— Qu'est-ce qui s'est passé, ma Stones, mon ange tombé du ciel ? déclamé-je en essayant de me la jouer romantique.

Un beau fiasco si vous voulez mon avis. Voilà pourquoi je suis un *bad boy*. Quand j'essaie de faire une belle déclaration, ça ne marche jamais. Elle se tient la cheville, donc je suppose qu'elle a voulu tester ses capacités de saut en longueur. Je la palpe pour voir l'étendue des dégâts. Ma furie me stoppe immédiatement en virant ma main.

— Aïe, tout ça, c'est de ta faute. Tu me mets hors de moi et après je n'arrive plus à contrôler mes nerfs. Aide-moi à me relever au lieu de débiter des âneries !

J'essaie de la relever pour qu'elle fasse quelques pas, mais elle retombe immédiatement. C'est plus grave ce que je croyais. D'habitude, quand quelqu'un se blesse, je m'en cogne. Mais là, je suis bizarrement sous le choc. Mais, au fait, c'est vrai, j'ai une excuse pour la tenir contre moi et sniffer son odeur :

— Tu ne vas pas pouvoir marcher, je vais devoir te porter, S.

— Hors de question, je préfère encore qu'un type louche me transporte dans sa brouette rouillée.

Elle y va fort quand même.

— Je vais te porter et tu n'as pas le choix de toute façon.

— Mais combien de fois vais-je devoir te dire que je suis trop lourde ? On ne porte pas les femmes comme moi. On les laisse se démerder, dit-elle en baissant la tête.

Putain, elle m'emmerde avec ses complexes. Je suis à ses pieds, Dan est à ses pieds, et qui sait s'il n'y en a pas d'autres qui font la queue. Pourquoi ça ne suffit pas ? J'ai bien l'intention de lui montrer qu'elle est une bombe et que je la désire plus que je n'aie désiré aucune autre femme. Je n'ai jamais connu de nana aussi bornée et complexée. D'habitude, je ne fréquente que des femmes superficielles qui n'ont aucun doute sur leur pouvoir de séduction. Des pimbêches qui pensent que tout leur est dû. La femme que je m'apprête à prendre dans mes bras a plus d'intelligence et de charisme dans le petit doigt que toutes celles que j'ai baisées réunies. Triste constat, n'est-ce pas ? *C'est qu'il commencerait presque à devenir lucide*, me dit cette satanée petite voix. Action !

— Et moi, combien de fois devrais-je te dire que tu sous-estimes ma force musculaire ? Je suis un colosse, bébé, cramponne-toi.

Je la soulève et des rougeurs apparaissent sur ses joues. J'adore le fait qu'elle soit si réceptive, qu'elle rougisse, qu'elle soit déstabilisée, si humaine, à mille lieues du monde auquel j'appartiens. Son visage trahit ses émotions. C'est si rare dans mon univers. Je marche vers Kyle qui nous attend devant une bite/cheminée de fée. Il vient à notre rencontre comme un stressé de la vie.

— Qu'est-ce qui se passe, Stones, qu'est-ce que cet idiot a encore fait ?

— Mais rien, je ne suis pas douée avec les échelles, c'est tout. Je ne sais pas si c'est une entorse, mais ça fait un mal de chien.

— Eh ouais, mon vieux, pourquoi tu penses toujours que c'est de ma faute ?

— Parce que, généralement, c'est le cas.

Pas faux. Mon historique plaide clairement contre moi. Ma furie est toujours dans mes bras et j'adore ça.

— On va la déposer dans le minibus pendant qu'on règle les derniers détails, Jax, me dit Kyle.

Je le suis presque à contrecœur car ça signifie que je vais devoir m'éloigner d'elle. Je dois reconnaître que je suis accro, c'est encore pire que mon addiction à la coke. Jiminy avait raison, reste plus qu'à espérer que je ne vais pas trop merder. Je sais maintenant qu'on sera trois dans l'histoire ce qui est loin de simplifier les choses car je ne suis pas connu pour être complaisant. Je la dépose sur un siège et allonge sa jambe. Dan court derrière moi comme un secouriste, il se croit dans *Alerte à Malibu* ou quoi ? Bon, pour cette fois je la laisse entre ses mains car il faut que j'expédie les trucs de groupe au plus vite avant de la retrouver.

Chapitre 20
« You Can't Always Get What You Want », Rolling Stones

Dan

Elle a l'air de souffrir. Je n'en mène pas large car je n'ai pas été très sympa avec elle tout à l'heure. En même temps, l'idée qu'elle fasse comme si de rien n'était m'a ramené dans le passé avec Julia. J'ai vu rouge et je n'ai pas réfléchi à ce que je disais. Je caresse doucement sa cheville et m'assieds à ses côtés pour la surélever en la posant sur mes genoux.

— Tu es sûr que ça va, ma douce ? Je suis désolé pour tout à l'heure. J'y suis allé un peu fort.

— Ça a l'air un peu gonflé, mais je pense que c'est juste une entorse. Tu avais raison. Je ne peux pas fuir éternellement. Je me sens perdue avec tout ce qui se passe, ça n'arrive pas à une femme comme moi normalement.

— Comment ça une femme comme toi ? Une femme qui a oublié d'être bête, belle, forte et sexy ? Je pense au contraire que tu mérites encore davantage que des calamités telles que nous.

— N'importe quoi, je parlais d'une grosse/ronde/ en surpoids ou quel que soit le qualificatif qu'on utilise. Et des calamités comme vous ? De quoi tu parles ? Votre seule préoccupation est d'éloigner la horde de femmes qui campent devant chez vous chaque jour.

J'éclate de rire. La horde ! Si elle savait tous les problèmes qu'on trimballe avec nos familles, notre passé et tout le reste.

Je pense qu'elle prendrait un aller simple pour la lune et demanderait peut-être même une ordonnance restrictive.

— Ce n'est pas le moment de parler de tout ça. Je t'interdis d'utiliser ce genre de qualificatif pour te désigner. Tu as bien vu l'effet que tu nous faisais. S'il le faut, je te répèterai chaque jour à quel point tu es belle, à quel point je te désire, à quel point tu es unique. Et si tu veux mon avis, Jax pense exactement la même chose, à part qu'il utiliserait d'autres termes, dis-je avec conviction.

Ce regard qui me rend fou se perd dans le vide. Elle a l'air de nouveau en pleine confusion. Je sais que tout ça la perturbe. Pour la plupart des gens, un couple, c'est deux personnes fidèles, point final. Il n'y a pas de place pour autre chose, c'est comme ça et pas autrement. J'ai toujours pensé qu'on pouvait inventer notre propre façon de vivre, d'aimer et d'exister en somme. Il suffit juste de se libérer du carcan des bien-pensants.

— Parle.

— Tu penses que ce qu'on a fait tout à l'heure fait de moi une libertine ? demande-t-elle incertaine.

— Tu n'as pas vraiment besoin de te mettre dans une case si tu ne le souhaites pas. Pourquoi on n'essaierait pas juste de voir où ça nous mène ? Lâche prise, laisse-toi aller. On en parlera ce soir au dîner après ton enregistrement.

— Tu as peut-être raison. Mon enregistrement ?

— Tu dois chanter sur le nouveau titre des Black Suits, *Nothing* d'après ce que j'ai cru comprendre.

— Ah oui, c'est vrai. Je stresse à mort. J'ai accepté sous la contrainte de ce connard, mais comme je n'ai qu'une parole, contrairement à certains…

— Le lâcher-prise, ça commence maintenant, ma belle.

Le groupe débarque. Jax donne les clés du scooter à Karl et s'installe de l'autre côté de Stones.

— Ça va, ma Stones ? J'ai appelé un médecin quand j'étais avec le groupe. J'espère que ce n'est pas trop grave, explique-t-il en l'embrassant sur la joue.

— Mais enfin, Jax, je suis encore assez grande pour savoir si j'ai besoin d'un médecin. Fais-moi plaisir, occupe-toi de tes fesses.

Sur le coup, j'avoue que je pense un peu à la manière dont je pourrais m'occuper des siennes. Celles de Stones, pas celles de Jax, bien sûr.

— S'il te plaît, S, laisse-nous nous occuper de toi. Tu peux faire ça pour nous ? On a besoin d'être sûrs que tu vas bien.

— Ok, c'est bon pour cette fois, mais n'en fais pas une habitude.

Alors là, il neige en enfer. Jax pense à quelqu'un d'autre que lui-même et fait preuve de diplomatie. Stones pose sa tête sur son épaule et soupire. Si on ne voulait pas la brusquer, c'est foutu. Quand je pense à ce que j'ai ressenti tout à l'heure ! Rien à voir avec Julia, on était vraiment en symbiose. C'était naturel, mes mouvements, ceux de Stones, ceux de Jax. C'était comme une mélodie dont chaque note, chaque soupir, chaque pause aurait été écrit en parfaite harmonie. Ma déesse était encore plus belle dans cet état. Stones est déjà superbe en temps normal, mais quand elle dégomme ses barrières, elle nous met à ses pieds. Elle met le monde à ses pieds. La preuve, elle vient de transformer Jax en véritable agneau. Je suppose que c'est temporaire. Il redeviendra ce bon vieux connard égoïste imbu de lui-même tôt ou tard, mais c'est quand même un exploit. Je suis interrompu par un autre appel de ce cher Caleb, mais je n'ai toujours pas envie de répondre. Malheureusement pour moi, Stones n'est pas dupe.

— Tu peux répondre. C'est qui ?

— C'est mon père, et non, je n'ai pas envie. Je préfère m'occuper de cette cheville douloureuse, dis-je en la massant.

Ses appels incessants me rendent nerveux. J'ai retrouvé Stones et je n'ai pas envie qu'il parasite mon bonheur actuel. Mon père est très doué pour me gâcher la vie. C'est un type qui veut tout contrôler. Il adorait Julia, preuve que seules les apparences comptent pour lui. Je suis sûr que Stones n'est pas son idée de la future belle-fille idéale avec sa forte personnalité, son franc-parler et ses courbes délectables. Mais après tout, on s'en tape ! Qu'est-ce qu'il y connaît aux relations ?

Quand on arrive à l'hôtel, je réveille doucement ma belle endormie. Un médecin style Tarkan nous attend. Il est hors de question que je la laisse seule avec ce type qui la couve déjà du regard. Pas touche, mon gars. Jax a l'air d'être sur la même longueur d'onde parce qu'il la prend dans ses bras en regardant ce docteur Mamour de pacotille comme s'il était un cafard qu'il voulait écraser. C'est parti pour le canapé du lounge. Jax l'allonge en l'embrassant comme pour dire : « ça, c'est à moi ! »

Enfin à nous, plus exactement. À vous, docteur !

— Qu'est-ce qui s'est passé ? lui demande-t-il en anglais.

— Je suis tombée d'une échelle, ma cheville me lance.

Le sosie de Tarkan examine sa cheville en lui souriant comme un abruti.

— C'est douloureux, as-tu essayé de faire quelques pas ?

Il amorce une tentative de rapprochement. De mieux en mieux.

— Oui, j'ai essayé mais c'est très douloureux, sans doute à cause du gonflement.

— Je pense que ce n'est pas cassé, je vais te faire une ordonnance pour des anti-inflammatoires et il faudra mettre de la glace. Ce serait mieux de la garder au repos au moins pour aujourd'hui. S'il y a le moindre souci, appelle-moi.

— On appellera un vrai médecin, dit sèchement Jax. Je ne vous raccompagne pas, docteur.

— Tu n'étais pas obligé de le renvoyer comme ça ! Ça t'arrive d'être sympa avec les gens ? s'énerve Stones.

Non, ça ne lui arrive jamais, autant que tu sois prévenue. Jax est beaucoup de choses, mais sympa certainement pas sauf quand ça peut lui rapporter quelque chose.

— Il te matait, alors non, je ne serai certainement pas sympa avec ceux qui regardent d'un peu trop près ce qui est à moi.

— Et à moi, ajouté-je d'une voix ferme.

— Ce que vous pouvez être possessifs, tous les deux !

— Tu n'as pas idée, dit-on presque en même temps

— Je dois aller au Studio pour préparer l'enregistrement avec les gars. Dan, tu la surveilles et tu me l'amènes quand elle aura assimilé les paroles. Elles sont notées ici, dit-il en tendant un carnet à Stones.

Elle soupire. J'ai l'impression qu'elle est nerveuse et je connais le remède idéal. Je la pose sur mes genoux et l'embrasse comme si je ne l'avais pas goûtée depuis des années. Je lui caresse lentement les cheveux. Stones me regarde droit dans les yeux et comme à chaque fois, je suis subjugué. Elle ne dit rien, ses yeux se connectent juste aux miens comme si elle voulait percer à jour le moindre de mes secrets.

— Alors, tu vas chanter, ma douce ?

— Tu penses qu'il me laissera le choix ? Ce gars, quand il a une idée en tête, il est pire qu'un scout qui vend des cookies. Je ne parle même pas de Kyle qui m'a aussi fait l'article.

— Je pense que tu n'as pas le choix, en effet, et je suis sûr qu'au fond de toi, tu as envie de le faire pas seulement pour lui, mais aussi pour toi. Prends des risques, tu vas voir, c'est grisant.

— Alors, je m'y mets.

Ma chanteuse sexy se concentre et lit les paroles. Ses yeux sont humides. L'émotion que Jax a mise dans ce titre est poignante. Il n'écrit jamais de choses aussi personnelles d'habitude. Je suis sûr que cette chanson est pour Stones, mais ce n'est pas à moi de lui dire.

Elle relève la tête.

— Je crois que je suis prête, enfin aussi prête que possible. Il paraît que tu dois me porter comme un bébé, se plaint-elle comme si on venait de lui annoncer la mort de son poisson rouge.

Chapitre 21
« Sounds like Balloons »,
Biffy Clyro

Stones

Quand je disais qu'il y allait avoir foule au chiropracteur des bourges, j'étais bien inspirée. Le mauvais côté de cette entorse, c'est que mes deux control freaks ne cessent de me porter. Croyez bien que je déteste ça. Je suis mal à l'aise et ça n'arrange pas mes complexes. L'idée qu'ils puissent tous les deux être conscients de mon poids me file la nausée. Depuis que j'ai dégringolé de l'échelle avec la grâce d'une mamie en déambulateur, mes deux Apollons de service n'arrêtent pas de se refiler le bébé. Ledit bébé, à savoir moi, râle pour la forme. Pourtant, je sais au fond de moi qu'il y a quelque chose de réconfortant à laisser deux hommes s'occuper de moi, des hommes super sexy en plus. Ça ne gâche rien, au contraire.

Je dois me concentrer car là je suis à bord du vaisseau Dan qui m'emmène, aussi vite que lui permet son chargement, vers le studio. Je ne suis pas chanteuse, mais je vais chanter avec un groupe qui a été disque de platine. Je ne suis pas du tout nerveuse, mais alors pas du tout. Je suis juste à deux doigts de me pisser dessus. En plus, si je demande pour aller aux toilettes, mes deux nounous ne me laisseront jamais y aller toute seule, pas du tout gênant comme situation.

Enfin arrivée à destination, je suis déposée sur une chaise, un fauteuil avec un coussin a été installé près de la chaise pour que j'y pose ma cheville. Je suis une véritable éclopée. Je regarde le micro devant moi, alors c'est vrai, je vais vraiment faire ça ? Ça prouve bien que je n'ai aucune volonté quand il s'agit de résister à Jax. Enfin, comme j'étais à sa merci sur le scooter, je n'avais pas vraiment le choix. Le studio est vraiment très pro. Il a été installé dans le lounge oriental. Les hauts plafonds, les poutres apparentes et les kilims créent une ambiance particulière. Les instruments, la cabine d'enregistrement, l'ingé son, tout est là. Ce n'est pas Abbey Road, mais ça a de la gueule. Tout ça ne me rassure pas vraiment. Jax arrive vers moi avec Kyle. Il s'accroupit devant moi. J'ai du mal à me concentrer, ses tatouages, ses muscles, ses yeux turquoise qui me regardent comme si j'étais Monica Bellucci. Tout ça, c'est un peu trop pour ma santé mentale qui n'était déjà pas au top.

— Ma Stones, tu vas assurer comme une pro. Je vais m'installer à côté de toi sur le fauteuil. Je te fais écouter *Nothing* une première fois pour que tu t'imprègnes du truc. Ensuite, on la fera une fois comme ça tous les deux sans enregistrer. Ne t'inquiète pas, tu as le droit de te tromper, on pourra faire plusieurs prises, pas de problème. Amuse-toi, regarde-moi. Moi et personne d'autre.

— Tu es sûr ?

Pas sûre que ça soit une bonne idée. Quand je le regarde, je perds tous mes moyens. Et puis il ne faut pas oublier qu'avant, j'écoutais ce groupe. Je suis même déjà allée à un de leurs concerts. Je ne sais même pas comment il est possible de ne pas l'avoir reconnu dès le début. Les fans ne se retrouvent jamais de l'autre côté de la scène, enfin si parfois avec un pass backstage, mais elles ne se la jouent jamais intimistes avec le chanteur. Je respire longuement pour me calmer. *Allez, Stones, c'est la première fois que tu t'autorises à faire un truc dingue, si tu te plantes, tant pis. Tu auras pris un risque.*

— Oui, bébé, je suis sûr. Avec la voix de dingue que tu m'as sorti la dernière fois, tu vas tout déchirer.

Jax fait un signe vers celui qui doit être l'ingé son. J'écoute *Nothing* pour la première fois. C'est une ballade rock et je suis immédiatement séduite. Les paroles, la musique, le rock, ce titre me transportent loin, très loin. Cette chanson est pour un amour perdu. Je me demande à qui elle est destinée. Peut-être à l'espèce de reine de glace rousse que j'ai vue à l'hôtel. Oui, c'est sûrement ça. Je dois admettre que je suis un peu jalouse, mais bon, le jour où quelqu'un écrira une chanson sur moi, il neigera en Floride.

La chanson s'arrête et je regarde de nouveau le carnet où sont écrites les paroles, histoire de me remettre de mes émotions. Et là, Koll débarque avec une nouvelle djellaba colorée que vend la boutique de l'hôtel en gesticulant dans tous les sens.

— Sun, si tu veux on peut faire une méditation de pleine conscience ensemble. On finira par une salutation au soleil. Ta voix vient de Sarasvatî, la déesse de la musique. Tu dois l'invoquer pour qu'elle vienne illuminer ton talent, déclame-t-il en me prenant la main.

Putain, ce gars me fait peur. Je n'ai jamais vu un illuminé pareil. Même les hippies qui servent d'amis à mes parents semblent tout à fait normaux à côté de lui. Lucifer se lève et le regarde d'un air méchant.

— Putain, Koll, t'as encore craqué. Comme si t'étais conscient de quoi que ce soit, on ne va rien illuminer du tout, pose ton cul sur une chaise et ferme-la.

Cette joute verbale ridicule a le mérite de me détendre. Je suis sur le point de demander un autographe tellement j'adore ce duo comique en devenir. On dirait Chevallier et Laspalès, ma mère adore. Une fois Koll le Viking calmé, Lucifer se réinstalle.

— Ma Stones, respire un bon coup et tu me dis top quand tu es prête. On la fait voix guitare pour la première. Tout est inscrit dans le carnet.

J'inspire et expire calmement en fermant les yeux. Quand je rouvre les yeux, je vois qu'il y a Dan, Jake, Pete et le reste du groupe qui m'adressent des sourires d'encouragement. Il y a un peu trop de monde quand même. Bon, c'est maintenant ou jamais.

— Top, dis-je d'une voix tendue par le stress.

Jax me regarde et débute avec l'intro à la guitare. Il me fait un signe de tête pour me dire que c'est à moi. Je suis tellement dans la contemplation de ce dieu du rock que j'en oublie que je dois chanter. Non, mais quelle cruche !

— Ce n'est pas grave, ma belle. On va reprendre. Regarde-moi.

J'acquiesce sans lui dire que justement, c'est ça le problème. Je le regarde, ma culotte s'humidifie et j'oublie tout le reste. Je respire et cette fois-ci, je commence à chanter à son signal. Les paroles du carnet prennent vie grâce à nos voix. Puis c'est la partie de Jax puis la mienne, le refrain ensemble. Je suis submergée par l'émotion. Chanter avec lui me transcende, ça coule de source alors que c'est la première fois. Lucifer joue les dernières notes. Son regard transperce le mien. Des applaudissements retentissent et ma Drama Queen préférée se jette sur moi manquant de me faire tomber à la renverse. Il doit penser que je ne suis pas assez éclopée comme ça.

— Ma chérie, je t'avais déjà entendue chanter dans la douche et à des karaokés pourris, mais là, wow, tu m'as bluffé. Je pense déjà à ta tenue de scène, s'excite-t-il en me plantant un bisou au coin des lèvres.

— Mais, Jake, tu débloques. Je vais juste jouer les choristes sur un titre, tu as cru que j'allais devenir Madonna ou quoi ?

— Putain, Stones, choriste ? C'est de la merde. C'est un vrai duo que je te propose, dit Lucifer hors de lui, pour pas changer.

Oui, on ne va pas chipoter. J'enregistre sur ce titre, mais il ne faudra pas me demander de jouer la Madonna sexy sur scène. Vous vous souvenez quand même quand je disais que je n'aimais pas être exposée. Personne ne m'écoute jamais.

Mon énervement est stoppé dans son élan par Koll, le ravagé du bulbe qui rajoute encore son grain de sel spirituel :

— Sun, Sarasvatî t'a apporté sa magnificence et toute ta lumière cosmique, annonce-t-il en levant les mains en mode curé.

Il est vrai que la Cappadoce est un haut lieu d'énergie spirituelle, mais j'ai l'impression que ça ne lui fait pas que du bien. Son cerveau est au moins au pôle Sud et je ne parle pas de ses neurones qui sont sans doute déjà en partance pour la Chine. Je suis sur le point de dire un truc, mais Lucifer me devance :

— Fais chier, Koll, on a du taf. Assieds-toi au piano et ferme-la. On va enregistrer instruments-voix pour voir et essaie de garder l'esprit clair par pitié. Stones, prête ?

Il refait un signe vers l'ingé son. C'est parti, on la refait. J'essaie de me convaincre qu'il sera plus facile de faire abstraction de l'excitation provoquée par Lucifer la deuxième fois sans vraiment y parvenir. C'est parti, première prise, je merde un peu sur le refrain, déconcentrée par la main de Lucifer sur la mienne. La deuxième prise est plus du genre miss cata car j'envoie magistralement valser le micro avec mon pied. *Oh ça va, je voulais juste détendre mon pied car j'avais des fourmis*, dis-je à ma petite voix. Troisième prise, pied sans fourmillements check, Jax à distance check, voix check, Black Suits check. On y va, et là je me donne à fond. J'y mets toute ma voix, tout mon cœur et toute mon énergie. Les dernières notes retentissent, Lucifer se lève, me prend dans ses bras et me fait tournoyer dans les airs.

— Yes, ma Stones, c'est dans la boîte.

Il m'embrasse délicatement sur les lèvres et me repose enfin quand Dan vient me féliciter en m'embrassant à son tour. Encore une fois, cette chère Iris serait fière de moi. Je devrais l'appeler d'ailleurs parce que je crois qu'elle n'a pas eu de mes news depuis deux semaines. C'est une maman hippie, mais une maman quand même. Si elle ne sait pas où je suis, elle va lancer des amis de son réseau de dingo à mes trousses. Un SMS suffira. Mais pourquoi je pense à ça maintenant ?

— Ma douce, tu as assuré comme une reine.

Jake arrive en courant. Je me recule car il court comme s'il avait vu un jean Chanel en soldes. Il m'embrasse lui aussi. Je ne suis pas dans la merde du tout. C'est un bordel sans nom. Quelque chose me dit que le dîner de ce soir n'est pas une mauvaise idée. Il va vraiment falloir parler de tout ça parce que j'ai vraiment besoin d'éclaircir certaines choses, enfin tout le truc quoi. C'est comme si on m'avait jeté direct dans le grand bain alors que je n'avais jamais appris à nager. Il est déjà 21 h, donc je pense qu'on est bientôt en partance pour le dîner du jugement dernier. Je sais que ça fait tragique dit comme ça, mais j'assume.

— Alors, ma Stones, dîner dans 30 minutes, je te porte jusqu'à ta chambre.

Jake lui lance son regard des mauvais jours.

— Je ne t'ai pas attendu pour m'occuper d'elle. Je m'en charge.

Jax et Dan se barrent sans un mot et j'entreprends mon trajet à bord de Jake. Les combats de coqs sont toujours d'actualité. Youpi ! Je me répète pour la énième fois, mais j'ai horreur d'être portée, merde. Notre trajet vers la suite se passe dans le calme. Trop de calme. Je sens que Jake a l'air super tendu sans parler des deux autres qui sont aussi membres de notre fine équipe de bras cassés, ça promet.

Bon, commençons par mon Jake.

— Qu'est-ce qu'il y a, Jake, tu m'en veux ?

Il me pose sur le lit, va chercher de la glace et la met sur ma cheville. Il me caresse doucement la jambe.

— D'après ce que j'ai vu, tu es avec Jax et Dan ? Je ne sais plus où tu en es, ma chérie.

Je baisse la tête. Il est vrai que, même moi, j'ai du mal à me suivre. Jake avait raison, j'ai ignoré ma nature pendant trop de temps pour que le changement soit sans conséquence. Cette réalité où je serais avec Dan et Jax me parait plus innée que ce qu'elle devrait.

— Je ne sais pas. Je pense que tu avais raison, je suis sans doute libertine. Je pense que j'ai envie de tenter le coup, de vivre même si je sais que ce n'est pas sans risque. Et toi, Pete ?

— Disons que j'ai usé et abusé de son corps et de son joli petit cul.

— Mais merde, Jake, tu ne pourrais pas épargner mes chastes oreilles ? gloussé-je en les cachant de mes mains.

— Chastes ! C'est la meilleure, à en croire les réactions de ton gentleman et de ton *bad boy*, il y a eu rapprochement charnel.

— Possible, mais je ne dirais rien pour te moment.

— Tu parleras sous la torture de mes mains, commande-t-il en faisant une voix de Dark Vador. Mais qu'est-ce qu'on fait pour nous ? Pete n'a pas l'air très chaud et je doute que tes deux bons amis le soient davantage. Je ne veux pas revenir en arrière. Est-ce si mal de tout vouloir ?

Pour toute réponse, je le prends dans ses bras. Je n'ai aucune idée de comment on va faire ni de ce qui va se passer. Je ne donne aucune réponse parce que c'est la solution de facilité.

— Ok, j'ai compris. On verra ça plus tard. Je t'ai prévu une superbe robe à paillettes noires pour ton dîner. Dan m'y a convié tout à l'heure, j'ai préparé mon plus beau costume car l'heure a l'air grave.

Jake + Dan + Lucifer = trio infernal ou soirée de merde ou impasse. Ça me botte autant que passer sur le billard sans anesthésie. Jake, quant à lui, a l'air de prendre ça comme si c'était un petit dîner mondain. Moi, j'ai plutôt l'impression d'être sur le point de partir pour une guerre du libertinage où les survivants seront chanceux. Comme quoi, on est un peu comme le yin et le yang.

Houla, je suis à la bourre. Je dois prendre une douche, m'habiller, me faire un ravalement de façade et convaincre Jake de ne pas me porter. Je ne suis pas loin du burn-out alors que je suis en vacances.

Chapitre 22
« Still Counting », Volbeat

Jax

J'ai parlé au boss de l'hôtel, on dînera sur la terrasse en privé. Il y a certaines choses dont il serait difficile de parler au restaurant de l'hôtel avec le groupe. Je ne pense pas qu'il y ait des paparazzis ici, mais une oreille qui traîne peut faire d'énormes dégâts. Je ne veux pas nous exposer, pas alors que ce que nous avons ne fait que commencer. J'ai demandé du champagne parce que la soirée promet d'être exceptionnelle.

Enfin si j'obtiens le résultat escompté. Dan a tenu à inviter cette putain de *fashion victim*. Je n'étais pas trop chaud pour ça, mais c'est vrai qu'il est toujours collé aux basques de ma furie. Je crois donc qu'on peut donc dire qu'il fait partie de l'équation. Autant, je suis prêt à partager Stones avec Dan, je ne suis pas sûr que j'accepterais cette relation bizarre qu'elle a avec Jake, alias son doudou. Si j'avais des doutes sur le fait de partager Stones avec Dan, ils se seraient envolés dans cette petite maison troglodyte. C'était comme si ça coulait de source. Julia nous montait toujours l'un contre l'autre. Ma furie, elle, nous rassemble. On est sur la même longueur d'onde.

Pour la première fois de ma vie, je pense que ça, quel que soit le nom qu'on lui donne, pourrait fonctionner. Pourtant, je suis du genre ultra pessimiste. Dan est sans doute une des personnes en qui j'ai le plus confiance après mon frère. Je pense que l'alliance de Stones, Dan et moi pourrait donner un truc de malade. Si tout se passe comme prévu, on approfondira ce truc de malade dans ma suite, ce soir même. C'est ceinture depuis tellement longtemps, enfin selon mes critères, que j'ai les couilles bleues. Ce n'est quand même pas de ma faute si ma traîtresse de queue refuse de bander pour toute femme qui ne serait pas Stones. Elle n'a jamais été sélective, mais il faut croire qu'il y a une première fois à tout. *C'est ça*, me dit me dit ma saleté de conscience, *on ne parle que de ta queue, pas d'autres choses*. Je suis d'une jalousie maladive envers tous ceux qui l'approchent à part Dan. Je sais que ce sera comme ça jusqu'à ce qu'elle soit installée dans mon appartement. Je ne supporterais pas qu'elle m'échappe.

Je prends une douche brûlante, enfile un Levis et un tee-shirt noir. Un peu de parfum, cette merde qui dompte les cheveux et je suis prêt. Ce qui est bien avec Stones, c'est qu'elle n'en a rien à foutre de ma tenue ni de ma tune. Elle accepte les gens comme ils sont sans les faire chier. Enfin, sans les faire chier, c'est beaucoup dire. Parfois, c'est quand même une chieuse en puissance.

On frappe à la porte, j'ouvre et vois Dan qui se tortille les doigts. On dirait une midinette qui va à son premier rencart. Il a opté pour le combo jean tee-shirt comme moi à part que c'est un jean brut et un tee-shirt blanc.

— Prêt ? lui demandé-je en lui faisant un check.

— Aussi prêt qu'on puisse l'être. Dis-moi, tu as réussi à savoir pourquoi elle avait réagi comme ça au K ?

— De ce que j'ai cru comprendre, ses parents sont libertins et elle avait du mal avec ça, enfin jusqu'à maintenant. Enfin, je ne sais pas, elle a l'air de ne pas savoir sur quel pied danser.

— Si elle connaît le milieu, ça peut être bon pour nous ou tout l'inverse ; s'interroge-t-il. Je comprends mieux sa réaction maintenant.

C'est vrai que c'est quitte ou double. Soit, elle décide de rejeter tout ça en bloc, soit elle nous donne une chance. Avec un peu de chance, on pourra même l'inviter dans notre univers, une fois qu'elle sera vraiment à nous. Enfin, pour l'instant, on est loin d'entrer au K ou dans n'importe quel autre club tous les trois.

Nous montons jusqu'à la terrasse. La table a bien été dressée pour quatre : des bougies, des mezze, deux bouteilles de champagne dans un seau à glace et tout un tas de merdes qui font joli. La terrasse située tout en haut de l'hôtel nous offre une vue de dingue sur la vallée. Impec', le bonus est qu'elle ne pourra pas s'enfuir parce que d'un, elle a une entorse, et deux, on aurait largement le temps de la rattraper grâce aux escaliers en roche. Ma furie est cernée.

On l'attend comme des cons accoudés à la rambarde quand j'entends ma Stones râler dans les escaliers. « Non, je ne veux pas que tu me portes. J'ai été portée toute la journée. C'est bon je n'ai pas 6 mois ». Il n'y a pas à dire, j'adore son caractère de merde et à en croire le petit rire de mon acolyte, lui aussi. Ce que j'adore encore plus c'est la vision qu'elle m'offre quand elle débarque avec cette robe à paillettes noires avec un décolleté à damner un saint. Quand elle se retourne pour parler à Jake, je vois une ouverture dans le dos qui laisse apparaître la marque que je lui ai faite tout à l'heure. Putain, moi qui me disais que je devrais faire preuve de *self-control* pour ne pas l'emmener dans ma chambre pour la baiser direct. *Du calme, Jax.* Elle porte des sandales cloutées qui, pour une raison inconnue, m'excitent encore plus que si elle était perchée sur des stilettos. *Bon, on se calme, on pense chaton qui se fait écraser par un train, encore mieux on pense à mon père. Voilà, ça, ça marche à chaque fois.*

Je m'avance vers elle et l'aide à s'installer. Nous voilà tous les quatre à table à nous regarder comme des idiots. Stones nous regarde tour à tour comme si elle venait de se rendre compte que c'était une soirée décisive. Si on était dans une téléréalité, on pourrait demander aux spectateurs de voter pour savoir qui sort. Pour Jax, tapez 1. Pour Dan, tapez 2. Et enfin, pour Jake, tapez 3. Dans la réalité, c'est S qui décide.

Ses yeux gris immenses me rendent dingue à chaque fois. Dan essaie de détendre l'atmosphère en servant le champagne. Bon, il va bien falloir que quelqu'un l'ouvre. Sinon, on n'atteindra jamais ma suite.

— Bon, écoute, ma Stones, tu sais ce qu'on veut Dan et moi. Je ne vais pas parler pour Dan, mais moi, j'aimerais vraiment qu'on tente un truc exclusif toi, Dan et moi. Dans tous les cas, tu as les cartes en main.

Ma furie me regarde, regarde Dan, puis Jake, on dirait qu'elle nage complètement. Jake lui adresse un sourire d'encouragement. Je ne sais pas ce qu'il y a dans sa tête. Tout ce que je sais, c'est qu'elle préfèrerait être n'importe où sauf ici. Elle joue avec ses couverts et ne prononce pas le moindre mot. Ça me met hors de moi. J'ai envie de balancer tout ce qu'il y a sur la table, de faire un carnage. Putain, je me mets à genoux, je lui balance mes tripes, chose que je ne fais jamais pour personne. Et cette furie ne dit rien, *nib, nada* ! De toute façon, je devrais m'y habituer. À chaque fois que je pense que je l'ai compris, elle a mille réactions incompréhensibles qui vont dans mille directions différentes, juste pour me faire chier. Dan fait une pauvre tentative pour venir à ma rescousse :

— Ma douce, tu sais qu'on fera ce que tu souhaites, mais on a besoin que tu t'exprimes. Il n'y a pas de mauvaise réponse, juste que ce que tu veux, la rassure-t-il en mode saint-bernard.

Non mais sérieux qu'est-ce qu'il ne faut pas entendre. Il n'y a qu'une seule réponse possible : qu'elle sera mienne, qu'elle sera nôtre.

Stones, signes vitaux ok, cordes vocales aux abonnés absents. Son regard est dans le vide. Il est si expressif d'habitude. Putain, elle me fout en rogne. Rien de nouveau sous le soleil, me direz-vous. Je me lève et tape sur la table.

— Putain, Stones, je t'ai fait une proposition et je m'attends à ce que tu me répondes à la fin.

Elle sursaute comme si j'avais essayé de la frapper. J'allume une clope pour essayer de me calmer. La *fashion victim* se lève pour me faire face.

— Toi connard, tu ne la brusques pas. Laisse-lui le temps. Ce n'est pas comme ça que tu arriveras à tes fins !

— Ouais, dit le mec qui n'essaie pas du tout de la garder pour lui seul.

— Je suis d'accord avec lui. Qu'est-ce que tu veux à la fin, Jake ? Tu t'enfuis avec elle, on te retrouve en train de l'embrasser. Au lieu de jouer les bons Samaritains, dis-nous que tu la veux, ce sera plus simple.

Monsieur Dan est d'accord avec moi. Ben, c'est une première ! Je les regarde comme si j'étais au spectacle. Jake s'agite et se retourne vers nous puis se met à genoux devant Stones en prenant son visage en coupe. Rien que ce geste fait bouillir mon sang. Je n'arrive pas à piger pourquoi ça ne me fait pas la même chose avec Dan.

— Stones, c'est le moment de vivre. Je sais que tu en as envie. Prends le pouvoir et arrête de te cacher derrière ta carapace comme si ça pouvait de te protéger. Tu n'es que l'ombre de ce que tu pourrais être. Et vous deux, vous faites chier à la fin ! Et pour ce qui est de la vouloir, oui je la veux, mais pas comme vous le pensez.

— Comment ça, tu la veux ? Non, mais ça ne va pas bien, espère d'enfoiré. Je croyais que tu étais avec mon frère ? Je vais te refaire ta jolie petite gueule façon figurine Lego.

— Je ne comprends plus rien moi non plus. Tu veux Pete. Tu t'enfuis avec Stones. Tu veux faire quoi, putain ? s'énerve Dan.

Notre dispute réveille enfin Stones qui a retrouvé son regard missile.

— Assez, vous faites chier tous autant que vous êtes. J'ai envie de me barrer, mais je ne le ferai pas parce que j'ai une entorse. Alors, voilà, je vous veux tous. Je veux au moins essayer avec vous deux, mais je ne veux pas te blesser, Jake.

— Tout ira bien, Stones, pour toi comme pour moi, dit-il en lui caressant la joue.

Putain, il ne pourrait pas garder ses mains dans ses poches, la *fashion victim*. Mais, au fait, elle a dit oui. Je n'ai jamais été aussi euphorique de ma vie. Ne tenant plus, je la prends dans mes bras.

— J'ai attendu trop longtemps. Tu viens, Dan ! Il faut qu'on se retrouve tous les trois et qu'on te fasse nôtre une bonne fois pour toutes.

— Merde, Jax, tu es vraiment obligé de dire ça tout haut ! Et devant Jake en plus !

— Ne t'inquiète pas, ma chérie, il en faut plus pour me choquer. Profite de ta soirée. Je vais aller voir Pete pour voir s'il est d'humeur pour un dîner aux chandelles et plus si affinités. Ne fais rien que je ne ferais pas.

— Ah parce qu'il y a des choses que tu ne ferais pas dans une chambre, première nouvelle !

Son doudou est mort de rire. Bon, allez, on n'a pas la journée. On réglera le problème Jake une autre fois. Ma bite est encore plus impatiente que si elle se rendait à une soirée en club. Dan attrape une bouteille de champ et fonce vers l'escalier en roche comme s'il avait le feu aux fesses. Ma furie glousse face au show offert par ses deux hommes. Je me grouille tellement que je suis à deux doigts de louper une marche.

— J'espère que tu t'es bien reposée, ma Stones, parce qu'on ne va pas beaucoup te laisser dormir.

Ses pommettes prennent une délicieuse teinte rosée. Il va falloir que je fasse appel à tout mon self contrôle pour ne pas jouir dans mon boxer. Je n'ai jamais désiré quelqu'un à ce point.

Chapitre 23
« Light my fire », The Doors

Stones

On me porte encore, fait chier. Je ne prends même plus la peine de signaler que je déteste être portée parce qu'ils s'en tamponnent. Je suis lourde et quelqu'un va finir par se casser le dos. Ce n'est quand même pas difficile à comprendre.

Je suis en train de partir en total live. Si je ne souffre pas d'une crise de folie foudroyante, j'ai accepté de passer la nuit avec Jax et Dan. Mais qu'est-ce qui m'a pris ? Moi qui suis une anti-libertine convaincue, je suis en train d'opérer un virage à 360 degrés. On dit que les mecs ont une bite à la place du cerveau, eh bien, moi, je dois avoir une chatte à la place du cerveau. Nous entrons dans la suite du sultan. Ça correspond bien au personnage qui l'occupe, le côté tyrannique sûrement. Il me dépose délicatement sur le couvre-lit, il n'en faut pas plus pour que je panique. Je sais bien que j'ai envie de Jax autant que j'ai envie de Dan, mais c'est mon premier plan à trois. C'est comme si c'était ma première fois.

Jax interrompt mes pensées :

— Je te sers une coupe, ma Stones ? Et toi, Dan ?

— Oui, s'il te plaît, accepté-je d'une voix mal assurée.

Dan répond d'un signe de tête et s'installe à côté de moi pendant que Lucifer verse le champagne.

— Ma douce, n'aie pas peur. Laisse-nous nous occuper de toi, dit-il en traçant du doigt une ligne de ma joue à la naissance de mon décolleté.

Jax nous rapporte les coupes et nous met un peu de musique : *Light my Fire* des Doors. J'ai chaud, tellement chaud. Nous trinquons à notre première nuit. Je bois quelques gorgées de ce qui semble être un excellent champagne. Lucifer se pose à mes côtés et me prend la main. Il me transperce de son regard turquoise et se jette enfin sur ma bouche. Il s'approprie ma langue, mordille mes lèvres comme s'il voulait les conquérir, les marquer. Pendant ce temps, Dan s'attaque à mon cou, le mordille avec appétit. Je suis en combustion spontanée. Je ne suis plus que flammes. Je n'ai plus aucune idée d'où finit mon corps ni d'où commence le leur. Jax arrête de m'embrasser et me scrute comme s'il voulait me laisser le temps de changer d'avis.

— Juste du plaisir, rien que du plaisir, ma Stones, assure-t-il d'une voix rauque.

— Rien que du plaisir…

Mes mots sortent difficilement car je suis déconcentrée par Dan qui est en train de sortir mes seins par-dessus mon soutif. Il prend le premier en main, le lèche et aspire un téton entre ses dents. C'est tellement délicieux. Il se frotte ensuite la tête entre mes seins pendant que Jax continue de me dévorer la bouche.

— Je pourrais rester là pendant des heures, c'est le paradis.

Sa barbe de trois jours agresse délicieusement ma peau tendre. Jax le rejoint en traçant un chemin mouillé de ma nuque à mon sein avec sa langue. Chacun de mes Apollons torture un de mes tétons. C'est aussi bon que frustrant. Je glisse mes mains dans leurs cheveux et les tire comme si je voulais me raccrocher à quelque chose ce qui a pour effet de les faire grogner. Ils reprennent le contact en se levant pour me dominer de toute leur hauteur. Je me suis transformée en appel au péché de luxure, toute chiffonnée, décoiffée, la poitrine qui déborde de ma robe n'attendant que la délivrance de la jouissance.

— Tu es magnifique offerte comme ça, Stones. J'aimerais que tu enlèves cette robe pour nous. Montre-nous ce corps qui nous fait tellement bander, demande-t-il en empoignant sa queue à travers son jean.

— Je veux te voir nue, ma déesse, ordonne Dan d'une voix voilée par le désir.

Je n'ai jamais rien vu d'aussi torride que ces deux mecs à la virilité exacerbée qui se caressent en me regardant. Je reprends le contrôle en me levant et en les poussant sur le lit. Ils me regardent l'air surpris que je prenne cette initiative comme si j'étais précieuse, comme si j'étais la plus belle femme du monde. Leur désir me donne des ailes. Je les fixe et dévoile une épaule puis l'autre avec une sensualité dont je ne me serais jamais cru capable. J'enlève ensuite mon soutien-gorge en dentelle noire qui n'a plus la moindre utilité. J'attends leur réaction, mais mes deux mecs restent là à profiter du spectacle.

— Ma Stones, je crois qu'il te reste un bout de tissu en trop, mais ce n'est pas grave. Je vais m'en charger. J'espère que tu n'y es pas trop attachée.

Lucifer prend ce qui semble être un couteau suisse dans sa poche et entaille ma culotte des deux côtés pour en faire des lambeaux. Je sens l'air frais se projeter sur mes chairs brûlantes et me raccroche au regard de Dan dans une veine tentative de ne pas perdre pied. Il s'avance et s'agenouille, passe un doigt sur ma chatte.

— Ma déesse est trempée. Tu veux que je te lèche ici pour te soulager ?

Ils entament un ballet qui m'excite encore plus comme s'il était possible que je le sois davantage. Leurs langues serpentent sur mes chevilles, mes mollets et mes cuisses sans jamais s'arrêter ni même se diriger vers l'endroit où j'en ai le plus besoin. Je grogne comme une chatte en chaleur, je ne me reconnais plus.

— Qu'est-ce qui se passe, ma beauté, tu veux quelque chose ?

— Jax…

— Dis-nous ce que tu veux, ma douce ? demande Dan dont les yeux ont pris une teinte chocolat noir.

— Je veux qu'on me lèche la chatte, putain.

Mais qui êtes-vous et qu'avez-vous fait de Stones ?

— Mais regarde ça, Dan. Elle nous donne des ordres. Est-ce que tu crois qu'on va devoir la bâillonner ?

— La bâillonner, non, mais peut-être l'attacher pour la rendre plus docile. Laisse-nous faire ma déesse et je te promets que tu vas jouir comme jamais.

Je me consume tellement que je ne suis plus en état de réfléchir. Je laisse Dan me porter pour me reposer sur le lit. Ils enlèvent leurs ceintures et m'attachent les mains à la tête de lit. Mes grosses cuisses, mes hanches et mes bourrelets sont exposés à leurs regards. Je ne devrais pas être à l'aise et pourtant je le suis. Je ne me suis jamais sentie aussi sexy qu'à cet instant. Ils m'observent sans faire le moindre geste et ça me rend dingue.

— D'abord, tu vas nous faire une promesse, annonce Dan en mode démon, celle de ne plus jamais t'enfuir. Alors, j'attends. Tu nous promets ?

Jax s'avance vers moi d'une démarche féline sous le regard noir de mon gentleman.

— Peut-être que tu mérites une punition pour t'être enfuie. Tu en penses quoi, Dan ?

Dan acquiesce. Jax écarte mes cuisses autant que possible et m'assène une claque sonore sur la chatte puis deux puis trois. Je suis au comble de l'excitation. Je le fixe et gémis sous cette délectable douleur. Son regard turquoise flirte maintenant avec le bleu marine. Celui de Dan me détaille aussi sombre que le diable en personne. Je suis au bord du précipice.

— Alors, ma douce, dit-il en effleurant mes cuisses, tu ne t'enfuiras plus, dis-le.

Ses effleurements au goût de pas assez continuent à s'aventurer le long de mes cuisses. Je gémis pour éviter de faire cette promesse que je ne pourrais pas lui faire, jamais lui faire. Du coup, je gémis de plaisir en serrant les lèvres pour ne pas faiblir. Les doigts de Lucifer qui n'a jamais porté aussi bien son nom effleurent mes plis sans jamais s'attarder.

— Donc, bébé, une seule promesse, quatre petits mots et tu pourras jouir, ma Stone. Tu peux le faire, Je-ne-m'enfuirai-plus.

J'essaie de résister, mais c'est peine perdue. La frustration m'empêche de réfléchir, leurs regards sur moi agissent comme un catalyseur de mon désir. J'ai besoin de jouir, il le faut, alors je dis ce que je ne devrais pas dire :

— Je… ne… m'enfuirai… plus. Faites-moi jouir s'il vous plait.

Et là, tout s'accélère. Jax se jette sur ma chatte et Dan sur ma bouche. Ma chatte est léchée comme elle ne l'avait jamais été, mon clito aspiré, mordillé. Une langue s'aplatit sur toute la surface de mon centre du plaisir. Une autre s'immisce dans ma bouche pour la faire sienne, la dévorant comme si c'était son dernier repas. Je suis ailleurs. Je ne suis plus moi, je suis à eux. Mes jambes tremblent et la langue de Jax qui accélère me menant à un orgasme dévastateur. Lucifer accompagne ses répliques en gémissant.

— Mmmmh, bébé, tu es encore plus bandante comme ça, offerte, jouissant sous nos caresses.

Cette extase n'a fait qu'apaiser mon envie, j'en veux encore. Il m'en faut encore. Je tire sur mes liens comme une possédée.

— Tu en veux plus, ma douce, dis-moi ce que tu veux ? Ce dont tu as besoin ?

Ce que je veux ? Je veux être remplie complètement remplie. Cette créature que je suis devenue est insatiable.

— Vous avez trop de vêtements…, dis-je encore sur la vague de mon orgasme.

Je ne sais pas qui dit ça, mais c'est forcément quelqu'un de diabolique. Une sorte de version nympho de moi-même. Et je ne suis pas sûre de détester. De toute façon, mieux vaut dire adieu à ma raison, pour ce qu'il en restait. Lucifer enlève son tee-shirt. Je détaille ce foutu arbre à souhaits qui me fait fantasmer depuis notre rencontre et une cicatrice sur le flan. Son corps est superbement dessiné de ses épaules à ses délicieuses tablettes sans être trop massif. Ses yeux disent « je sais que tu aimes ce que tu vois, bébé ». Et je fais plus qu'aimer, je me mettrais à genoux là maintenant s'il me le demandait. Au lieu de ça, il enlève son jean en me dévoilant les tatouages tribaux qui ornent ses cuisses. Vient ensuite son boxer dont jaillit une bite énorme, longue et épaisse qui me fait saliver. J'ai l'impression d'être une voyeuse comme si j'étais une intruse dans cette chambre qui commence à ressembler à l'empire des mâles. C'est au tour de Dan qui enlève son tee-shirt en me faisant un clin d'œil. Mon ange et mon démon dévoués à mon plaisir. Son torse est entièrement recouvert de tatouages colorés. Je l'observe comme si je le voyais pour la première fois. Il est plus massif, comme celui d'un sportif qui soulève de la fonte. Son jean me montre des cicatrices sur ses cuisses vierges de tout tatouage. Sous le boxer, une queue encore plus grosse que celle de Jax avec juste ce qu'il faut de poils pour la rendre encore plus virile.

Chapitre 24
« Rocket Queen », Guns N' Roses

Dan

Une putain de vision de rêve. Ma déesse dont les mains sont attachées aux barreaux du lit, ses cuisses, sa poitrine tentatrice, son visage encore dans les nimbes de l'orgasme. Mon pote est nu à mes côtés, les lèvres encore luisantes de son nectar. Ce qu'elle vient de me dire, je crois l'avoir rêvé, ma douce Stones prend le pouvoir.

— Redis-moi ça, ma déesse.

— Prends-moi s'il te plaît. Je veux te goûter, Jax.

Ma douce qui se soumet si naturellement à moi, à nous. Mais j'ai envie de faire durer le plaisir, de lui apprendre que plus on attend, plus on fait durer les choses, plus c'est intense. Si j'écoutais ma bite, je la pilonnerais jusqu'à ce qu'elle ne puisse plus marcher, mais notre première fois, c'est sacré. Je fais signe à Jax qu'on va la détacher. Elle mérite d'être choyée pour cette nuit. Toute la nuit. Nous la détachons en massant ses poignets. C'est tellement excitant de savoir qu'elle portera notre marque ne serait-ce qu'une journée. Je l'allonge délicatement en l'embrassant furtivement sur les lèvres pendant que Jax se positionne près de sa délicieuse bouche. Je me baisse pour ramasser une capote dans la poche de mon jean. Ma queue se frotte contre sa chatte brûlante. Même à travers la protection, sa chaleur irradie sur toute ma bite. Je vois celle de Jax se frotter contre ses lèvres. Elle l'engloutit et j'entends les gémissements de mon pote s'intensifier. Je m'enfonce petit à petit dans l'antre du plaisir.

— Tu es délicieuse, ma déesse, ta chatte est si parfaite pour ma queue.

— Et ta bouche est divine, gémit Jax en prenant son visage en coupe.

Stones hurle de plaisir sous mes assauts. Je me penche et ses ongles vernis de noirs me lacèrent les bras. Mes couilles claquent contre son cul parfait. J'entends le bruit de succion de sa bouche sur la queue de Jax et ça me rend dingue. Sa chatte va à la rencontre de ma bite comme si elle en voulait toujours plus. Ses chairs la prennent en étau comme si elles voulaient la retenir prisonnière. Je la regarde bouffer la bite de Jax encore et encore comme une petite gourmande. C'est comme si chaque chose était enfin à sa place. L'osmose parfaite. Son cri ultime et les spasmes de son plaisir entraînent ma jouissance ainsi que celle de Jax sur sa superbe poitrine. Je me débarrasse du préservatif et m'allonge à ses côtés pendant que mon pote étale sa semence en admirant sa marque. Ma déesse soupire de satisfaction en souriant.

— Ça t'éclate de me salir, Jax, s'amuse-t-elle.

— Tu n'as pas idée, rétorque-t-il en servant son air habituel de mauvais garçon.

Il part dans la salle de bain chercher de quoi la nettoyer. Il arrive avec une serviette humide. Jax efface doucement ses traces en l'embrassant tendrement. Il se fiche de ce genre de choses. D'habitude, il baise et se barre ou vire la fille. Je ne l'ai jamais vu aussi accro à une femme et je crois bien qu'il en est de même pour moi.

Notre jolie Stones s'endort paisiblement sous nos regards. On se regarde comme deux imbéciles heureux avant de faire de même. Je mets de côté la peur qui s'immisce en moi, celle de la perdre, celle que ce truc nous explose en pleine face, celle que mon père vienne foutre la merde une fois de plus. Elle pose sa tête sur mon torse et je sais qu'il n'y a aucun autre endroit où je préférerais être qu'ici, là, maintenant. Je sais aussi qu'on a tous nos démons et que c'est sûrement ce qui nous rapproche, mais peu importe. Jax enroule ses bras autour de sa taille. Et si c'était elle, celle que nous attendions depuis si longtemps. Je sais qu'une seule femme peuplera mes rêves et qu'il y aura sûrement des liens, des fouets et toute ma panoplie de Dom. Un autre de nos secrets qui pourrait poser problème.

Le téléphone de la chambre me réveille brusquement. Ce n'est vraiment pas comme ça que je voyais notre premier réveil à trois, c'était moins brutal et c'était beaucoup plus sensuel. Je m'étire et décroche. C'est la réception qui me parle.

— Bonjour, Monsieur, les membres du groupe vous attendent pour le tournage et quelqu'un attend Mr Jones. Pourriez-vous lui passer le message si vous le voyez ? Nous n'arrivons pas à joindre sa chambre.

— OK.

Je raccroche. Je me lève et enfile mes fringues en vitesse. Le fait que quelqu'un m'attende à la réception ne sent pas bon, mais alors pas bon du tout. Je suis à deux doigts de faire une crise de panique. Dan, inspire, expire, inspire, expire… Voilà, Stones ne doit surtout pas me voir dans cet état. Je sais que si je ne descends pas vite fait, la personne qui est là pour moi risque de se pointer. Ma déesse mérite mieux qu'un autre *Walk of Shame* beaucoup plus gênant que le précédent. Je mets un genou sur le lit et lui caresse la joue pour la réveiller doucement. Stones s'étire comme un chaton. Il faut à tout prix que je la protège de mon merdier familial. Je ferai tout pour. Elle se redresse et m'embrasse. Je l'arrête parce que si on continue comme ça mes résolutions vont s'envoler comme par magie.

— Ma douce, il va falloir se lever. Le groupe attend pour le tournage. Tu peux réveiller, Jax, j'ai des trucs à régler.

— Déjà, tu ne veux pas rester ? supplie-t-elle en enroulant ses bras autour de mon cou.

— Désolé, ma douce. Il y a quelques petits trucs dont je dois m'occuper. On se voit tout à l'heure, dis-je en l'embrassant encore une fois.

— D'accord, approuve-t-elle en se tournant vers Jax.

Je jette un œil à mon reflet dans le miroir. On a connu mieux. J'ai la tête d'un gars qui a fait la bringue toute la nuit. C'est sûr que notre ami Noah va apprécier et se faire un plaisir de tout cafter à mon paternel comme d'habitude. Noah, c'est le majordome/homme de main de mon père. Même s'il a fait office de figure paternelle, je sais à qui va sa loyauté. Je ne le sais que trop bien. J'ai peur de ce qu'on va m'obliger à faire. Mon intuition me dit que l'instrument de mon père est bien en bas et qu'il va encore me kidnapper je ne sais où pour faire je ne sais quoi. Le destin peut-il être aussi cruel ? Je l'avais enfin retrouvée, on allait enfin devenir quelque chose à trois.

Je descends l'escalier avec bien moins d'entrain qu'hier. J'arrive à la réception et vois le groupe en train de se chambrer comme d'habitude. Kyle arrive vers moi.

— Hey, mec ! Houla, vous avez fait la fête et vous ne m'avez pas invité ! me chambre-t-il en me lançant un regard plein de sous-entendus. Au fait, il y a une espèce de type baraqué avec un balai dans le cul qui t'attend dans le lounge. J'espère que ce n'est pas un flic, tu me le dirais sinon ? demande-t-il avec un point d'inquiétude.

Il me tape sur l'épaule avant de se barrer. Et non, ce n'est pas un flic. Enfin, pas tout à fait. Super Noah te trouve toujours même dans un trou paumé comme ici. C'est son super pouvoir et mon super cauchemar. Je me dirige vers le salon avec autant d'envie qu'un type qui se dirigerait tout droit vers l'échafaud. Le voilà, ce cher Noah, engoncé dans un costume de luxe l'air aussi avenant qu'un gardien de prison. Je me poste devant lui en mode bon pour la guillotine. De toute façon, fuir serait comme reculer pour mieux sauter :

— Noah.

— Monsieur Dan.

Monsieur Dan, sérieux, vu qu'il va m'emmener quelque part contre ma volonté, autant qu'il m'appelle simplement Dan. Son air est encore plus grave que d'habitude. Je sais que je ne vais pas aimer ce qu'il va me dire.

— J'essaie de vous joindre depuis plus d'une semaine. Votre père a fait une crise cardiaque et a été mis au repos forcé. Il a besoin de vous le temps qu'il faudra pour rassurer le conseil d'administration afin d'éviter une OPA hostile. Il va falloir arrêter vos enfantillages. Une voiture nous attend. Allons-y, je vous expliquerai tout en chemin. Ah, et au fait, j'ai prévu de quoi vous changer et vous prendrez une douche dans le jet, annonce-t-il en me regardant d'un air dégoûté.

Voyons, Noah, tu es venu me chercher dans des endroits bien plus glauques que celui-ci. Je m'en doutais. Et voilà, de nouveau coincé. Loyauté familiale, tu parles. Il me tient et je le sais très bien donc je dois obéir pour ne pas changer. C'est comme si une lame me transperçait le cœur. D'habitude, je joue les blasés en prenant tout avec le sourire comme si rien ne pouvait m'atteindre. Mais là, pour la première fois de ma vie, j'ai quelque chose à perdre. Combien de temps mettra Jax pour prendre toute la place dans la vie de Stones ? Combien de temps mettrai-je pour être relégué au rang des souvenirs ?

— Laisse-moi au moins le temps de dire au revoir, dis-je d'un air suppliant.

— Vous avez quinze minutes et ne m'obligez pas à venir vous chercher.

Reçu cinq sur cinq, colonel Noah. Vous vous dites sûrement que je ne devrais pas le suivre, que je ferais mieux de me rebeller. Une chose est sûre, vous ne connaissez pas mon père et vous ne connaissez pas toute l'histoire. Je n'arrive même pas à ressentir de la peine pour la crise cardiaque de mon père. Il y a bien longtemps que je ne ressens plus rien pour ce type. Je sais très bien ce qui m'attend si je ne fais pas ce qu'il veut. Je fais un pas vers la réception quand je vois Jax et Stones se tenant la main, rayonnants après notre première nuit. Je nageais en plein bonheur avant de répondre à ce maudit téléphone. Ma ravissante déesse se blottit dans mes bras.

— Tu tires une tronche d'enterrement, mec, qu'est-ce qui t'arrive ? demande Jax.

— Noah.

Un seul prénom et son regard se ferme. Quand Noah arrive, on sait ce qui se passe. Dan disparaît de la surface de la terre sans qu'il ait le moindre mot à dire. Stones se crispe en s'accrochant à moi.

— Qu'est-ce qu'il se passe ? s'inquiète subitement Stones

— Je dois partir. Mon père a eu une crise cardiaque, annoncé-je d'une voix monocorde.

— Maintenant ?

Eh oui, maintenant, si seulement tu savais comme j'aimerais ne pas avoir à te quitter.

— Dans quinze minutes, mais ne t'en fais pas, ma douce, je serai de retour très vite.

Mieux vaut mentir. Si elle connaissait toute la vérité, je ne pourrais pas supporter son regard et elle me retiendrait. Toute cette merde serait encore pire qu'elle ne l'est déjà. Elle me serre dans ses bras pour me réconforter comme on le ferait quand il arrive quelque chose au père de quelqu'un à qui on tient. Jax me regarde d'un air désolé parce qu'il sait de quoi il retourne. Je l'embrasse désespérément ne sachant même pas quand j'arriverai à revenir. Je prends son visage dans les mains.

— Je te donnerai de mes nouvelles tous les jours. Appelle-moi dès que tu as une minute. Raconte-moi tout ce que tu fais. Je serai là, ma douce.

J'essaie de m'en convaincre autant que j'essaie de l'en convaincre. Je retiens mes larmes pour ne pas l'accabler. Je lui chuchote des mots que je n'ai jamais dits à l'oreille « Je t'aime ». Je n'avais jamais dit ça à personne d'autre qu'à ma mère. Même pas à Julia et certainement pas à mon paternel. Depuis que ma mère nous a quittés, je n'arrivais plus à le dire. Peu importe que Stones ne ressente pas la même chose, peu importe que ce ne soit pas le meilleur moment pour exprimer mes sentiments. Je tenais à ce qu'elle le sache. Si je veux être honnête avec moi-même, je l'aime depuis que je l'ai rencontrée. Si quelqu'un m'avait dit qu'un jour que le coup de foudre existait, je l'aurais traité de fou à lier.

— Prends soin d'elle, Jax.

— Promis, mec.

Son regard est lourd de sens. Quand on connaît quelqu'un depuis si longtemps, on sait interpréter la moindre de ses réactions. Et là, ça veut dire qu'on est trois et qu'il s'occupera de Stones pendant que je ne suis pas là, parole de Dom. Il scelle notre accord d'une poignée de main. C'est parti pour un voyage vers ma forteresse de solitude, là où la liberté n'existe pas, un endroit où n'est pas autorisé à ressentir des sentiments, où on n'a pas le droit d'aimer, où on n'a pas le choix en somme. La soirée s'était si bien terminée. Un dernier regard vers ma déesse, son magnifique regard et je passe la porte de l'hôtel direction l'enfer.

Chapitre 25
« In my darkest hour », Megadeth

Stones

La journée avait si bien commencé. On s'était un peu amusés avec Lucifer qui avait mis toutes ses compétences au service d'un orgasme vitesse grand V dans une douche rapide. Grand seigneur, il avait décliné ma proposition de gâterie arguant que le groupe l'attendait et qu'ils allaient l'emplafonner s'il arrivait encore une fois en retard. Un pantalon et un tee-shirt des Stones étaient apparus comme par magie dans la suite pour que je n'aie pas à remettre mes fringues froissées d'hier. Nous étions descendus en nous arrêtant souvent pour nous embrasser comme des ados. Je me sentais bien dans ma peau. Je me sentais belle. Tout allait bien jusqu'à ce que Dan nous annonce qu'il devait partir sur-le-champ pour aller voir son père. C'est comme si l'équilibre que j'avais trouvé, qu'on avait enfin trouvé, venait subitement d'être atomisé.

J'avais tourné le dos à toutes mes convictions pour vivre. Cette nuit était si wow, j'avais l'impression d'être à ma place entre ces deux hommes. C'était comme une révélation. Je me disais qu'on pourrait vraiment essayer et peut-être inventer notre propre manière de fonctionner sans avoir besoin de mettre une étiquette, du moins pas tout de suite. Mais comme toujours, on n'est pas dans un conte de fées. Il fallait qu'il y ait une couille dans le pâté. Voici donc une Stones larmoyante en train de se morfondre dans les bras de

Lucifer. Oui, je sais, j'ai un don pour la dramaturgie. S'il vous fallait une preuve pour constater que je n'ai aucun instinct de conservation, vous l'avez. La donne a complètement changé hier soir, mais comme elle a changé de nouveau là maintenant, ça prouve bien que j'ai un jeu pourri. Je ne sais plus quoi penser.

— Qu'est-ce qu'on va faire maintenant ?

Jax soupire et me regarde d'un air compatissant.

— On va sur le tournage et on essaie de boucler tout ça le plus vite possible parce qu'on doit retourner à Bruxelles, dit-il comme s'il énoncé un plan prévu depuis des semaines

— Bruxelles ?

— Ben oui, je suppose que tu voudras reprendre ton poste ? Il y a un intérimaire qui restera le temps que Dan règle... euh... ce qu'il a à régler. Je préfère ne pas te parler de ce type, mais ça vaut le détour, se moque-t-il.

Oui, ben, le départ de Dan, parlons-en. Ses explications ont l'air aussi nébuleuses qu'un dossier classé « secret défense » dans *Coldcase*. Je suis certaine qu'il me cache quelque chose. En plus, je ne suis pas une experte dans les relations amoureuses, mais généralement, quand un mec vous dit qu'il vous appellera avant de partir, c'est plus qu'un adieu qu'un au revoir. Ah, et il y a aussi le « Je t'aime » qu'il m'a chuchoté tout bas. J'ai ressenti des frissons et des picotements partout quand il m'a dit les trois mots fatidiques. Peut-être que je l'ai rêvé, avec mes réactions de barge en ce moment, on ne sait jamais.

Au fait, c'est vrai, le type à côté de moi m'a posé une question. Je pense que j'aimerais bien retrouver mon poste. Après tout, j'adorais bosser là-bas avant qu'il ne se passe ce qu'il s'est passé. Maintenant que je pense que c'est réglé, enfin aussi réglé que ça puisse l'être pour un bordel pareil, je n'y vois pas d'objection. Et puis, je n'ai pas vraiment une fortune sur mon compte.

— Oui j'aimerais bien si monsieur mon boss m'y autorise.

— Il t'y encourage, *my precious* Stone, tu étais très douée dans ce que tu faisais.

Tiens, *my precious* Stone, c'est nouveau ça. Ils m'ont tous les deux trouvé des surnoms du tonnerre. Moi, je ne vois pas ce que je pourrais trouver pour Jax, à part Lucifer. Je ne me vois pas vraiment l'appeler comme ça à voix haute et « bébé » ça ne lui irait pas du tout, à part si le bébé en question à des cornes et crache des flammes bien sûr. Baby Lucifer peut-être ?

— Pourquoi tout ce que tu dis sonne toujours comme des sous-entendus ? Et d'abord, je parlais de ce qu'on allait faire pour nous trois, pas du boulot ni de ce qu'on allait faire dans l'immédiat.

Il faut toujours que ce type noie le poisson, c'est plus fort que lui. Lucifer est un as de la poker face et du « on fait comme si de rien n'était ».

— Parce que ça en est. Tu sais, il y a ce truc qui s'appelle Internet. Tu pourras lui envoyer des messages, chatter, lui envoyer des signaux de fumée ou ce genre de merde. Il ne va pas disparaître de la surface de la terre non plus. Pour le reste, pour nous trois, on va faire comme on a dit, je veillerai sur toi et mettrai toute mon énergie à te combler en attendant que ton autre homme revienne. Je sens que ça va être un travail à plein temps vu ton appétit sexuel. Pour le moment, Kyle nous fusille du regard, donc on a intérêt à lever le camp.

Je lui donne une tape dans le torse. Alors là, c'est la meilleure, mon appétit sexuel, et le sien on en parle ?

— C'est l'hôpital qui se fout de la charité ! Alors, maintenant, tu es mon homme, c'est nouveau ça !

— Je crois qu'on peut dire ça, bébé, acquiesce-t-il en me prenant la main.

Nous nous dirigeons vers le Vito et Jax m'y installe. Je me dis que je n'ai même pas appelé Jake pour lui dire que j'allais bien. Ce qui est le plus étrange est que lui non plus ne m'a pas contacté. D'habitude, il me donne chaque détail de sa journée en temps réel, genre je mange un muffin, je bois un milkshake, j'ai la chiasse, j'en passe et c'est mieux comme ça. J'espère qu'il n'a pas mal pris ce qui s'est passé hier. Je pense de plus en plus qu'on va devoir mettre ce truc entre nous, peu importe ce que c'est, en *standby* le temps qu'on prenne nos marques dans tout ce désordre de Jax, Dan et Pete.

— Je devrais peut-être rester avec Jake, dis-je en pensant audit désordre.

— Hors de question, de toute façon ton doudou est déjà sur place avec Pete.

— Mon doudou ? ricané-je.

— Ben oui, ton pote, tu l'emmènes partout avec toi. Tu l'embrasses et le câlines, c'est ton doudou, quoi, cette merde que les bébés trimballent partout avec eux qui puent la rage. Ça va mieux ta cheville ? s'inquiète-t-il en l'examinant sur ses genoux.

— Oui, ça va mieux, je ressens une gêne, mais ça va mieux.

Je rigole à cause du truc du doudou. Je suis fan de l'humour de Lucifer et de son corps de dieu grec orné de tatouages tous plus originaux les uns que les autres. Entre ceux de Dan et les siens, je ne manque pas d'œuvres d'art à observer. C'est comme aller au musée en beaucoup plus orgasmique. L'envie de m'en faire un était déjà là, mais j'ai toujours hésité à cause de la douleur.

Mes divagations sont arrêtées par le bip d'un message, Dan, déjà « Tu es à moi, tout comme je suis à toi, ne l'oublie jamais, ma douce ». Je souris, il n'y a pas à dire celui-là quand c'est pour faire des déclarations qui font frissonner, il est pire que le type de *N'oublie jamais* et c'était déjà du *high level*. Je ne sais pas comment je vais faire sans lui. Je suis à lui et je suis à eux, je suis parfaitement consciente de cet état de fait, même si je sais que cette situation est malsaine. On n'appartient pas à quelqu'un de cette façon et pas aussi vite. Sont-ils vraiment à moi ? Ces deux mecs cachent plus de secrets que la couronne britannique. À chaque fois que j'enlève une couche sombre, j'en découvre une autre encore plus sombre. Dieu sait ce que ces deux mouilleurs de culottes me réservent encore. En plus, je ne suis pas le Mentalist, je n'aime pas fouiller dans la vie des gens et je n'ai pas été formée aux techniques d'interrogatoire du FBI. J'ai été traumatisée par ceux de cette chère Iris, ma mère. C'était genre assieds-toi, lampe éblouissante. C'était interminable, mais j'avais le droit à un truc à manger comme en garde à vue. Je devrais peut-être lui demander conseil pour ces deux-là. En fait, non il ne vaut mieux pas, elle me conseillerait le flingue ou la machette et je suis pacifiste.

Je suis distraite par les cercles que Jax trace sur ma cheville. J'adore ses mains calleuses de guitariste. Le sourire qu'il m'offre à l'instant devrait être classé dans la catégorie des armes de destruction massive. Ce truc peut atomiser les culottes d'une foule de filles en moins d'une seconde. Je vous assure qu'on devrait apposer un pictogramme dangereux sur le Lucifer. Je suis sûr que ça épargnerait de nombreux désagréments. Je me demande toujours ce qu'il me trouve, mais cette fois-ci je n'ai pas envie d'approfondir la question. Qui suis-je pour contredire la volonté du maître des enfers ?

Hop hop hop, on est arrivé. On se calme. On se recentre. Pasabag a été barricadé pour ressembler à l'idée que je me fais des studios de Spielberg. Les instruments sont en place, des genres de parasols à la Stars Wars sont présents un peu partout. Il y a plein de gens pressés comme si on était dans une fourmilière. Jax rabat ses aviators en mode rockstar et passe son bras sur mon épaule.

— C'est parti pour le cirque, ma Stones.

On avance vers le cœur du plateau de tournage. Je vois des sièges floqués du nom de chaque membre du groupe. C'est du sérieux, comme si on tournait une nouvelle superproduction américaine. Tous les regards convergent vers moi à cause de celui au bras de qui j'arrive. Jake nous fonce dedans avec la grâce d'une diva bourrée.

— Mec, fais gaffe, tu t'es cru à un concert de Britney ou quoi ?

Je lui fous un coup de coude avec toute la force dont je suis capable, c'est-à-dire une force de mouche.

— Aïe, désolé, mec, je suis un peu speed à cause du tournage. Bon, ma Stones, je te laisse avec ton doudou, pas de bêtises, je garde un œil sur toi.

Et là, il me colle à lui et se lance dans un authentique baiser de cinéma ou plus un authentique baiser moi Tarzan toi Jane. Il me laisse pantelante et se barre vers le plateau. Sa Majesté fait mine de poser sa main sous son menton comme s'il était à un spectacle.

— Quoi ?

— Rien, j'adore la nouvelle Stones. Au fait, tu ne m'as pas dit bonjour, dit-il d'un air outré.

Je lui fais un *hug* pour ne pas déchaîner les foudres de vous savez qui à cause de je ne sais toujours pas quoi. J'ai de plus en plus de mal à faire le tri dans le fouillis qu'est devenu mon cerveau.

— Alors, avec Pete ? Je veux tout savoir.

— Tu noies le poisson encore une fois, mais bon, comme d'habitude. Je vais faire comme si de rien n'était parce que je t'adore, ma chérie. En plus, j'ai trop envie de tout te raconter. De toute façon aujourd'hui, mon mec à l'air d'être maqué avec son iPhone. Viens, on va s'asseoir ; il y a même des sièges à nos noms. On est dans la cour des grands comme des stars.

Alors, ça, c'est tout Jake, c'est la fête dès qu'il est sur la liste VIP. J'avise un siège sur lequel il est écrit Stones, je suppose que c'est là que je dois m'asseoir. Un assistant au bord de la crise de la crise de nerfs m'apporte un café glacé et en donne un à Jake. J'accueille avec plaisir le goût doux et frais de mon breuvage préféré. On assiste à la mise en place. Le groupe écoute les consignes du producteur. Lucifer qui écoute quelqu'un lui dire ce qu'il doit faire, c'est hilarant. On dirait qu'il va exploser.

— Alors, Pete ?

Il baisse la tête comme s'il y avait quelque chose qu'il n'osait pas me dire.

— Écoute, je sais ce que j'ai dit sur ce que je voulais entre toi et moi. Je te veux toujours, je le veux toujours, n'aie aucun doute là-dessus. Mais Pete aimerait qu'on se donne une chance, tout comme toi, Dan et Jax si j'ai bien compris. Peut-être qu'on devrait mettre ce qu'on voulait pour nous deux de côté au moins le temps qu'on prenne nos marques. Je sais que je t'avais dit que je ne voulais pas renoncer à tout ça. Mais peut-être que pour une fois, je devrais apprendre à faire des concessions. Je veux juste que tu me jures qu'on ne perdra pas ce qu'on a, je ne le supporterais pas, dit-il le visage baigné de larmes.

Je me jette sur ses genoux en priant pour que la chaise supporte mon poids et celui de mon meilleur ami, sinon on va encore se taper la honte. Ce ne serait pas la première fois, me direz-vous, mais quand même.

— Écoute-moi bien, on ne perdra jamais ce qu'on a. Après tout, on est Stones et Jake. Tu ne m'as jamais perdue, quoi que tu penses. J'allais te dire la même chose, on devrait peut-être se laisser le temps. Déjà qu'on n'est pas vraiment doué savec les mecs, dis-je en essuyant ses larmes.

Je me retourne et me retrouve nez à nez avec le visage de Lucifer en mode tueur.

— Qu'est-ce que tu n'as pas compris dans « pas de bêtises », putain de merde ? Tu es à nous et personne ne touche à ce qui est à nous. Si ça continue, je te colle un garde du corps aux basques. J'ai promis à Dan que je veillerai sur toi et crois-moi je n'ai qu'une parole, putain. Viens. On a besoin de toi. Et toi, tu ne pourrais pas arrêter de la toucher à tout bout de champ ? C'est fatigant à la fin, merde.

Jake se tient les côtes en riant. Un garde du corps, n'importe quoi. Il est vrai que quand il fait ses crises de colère, Cro-Magnon, il est trop marrant et bizarrement encore plus sex'. J'espère qu'il ne fait pas bander Jake, quoiqu'à mon avis, c'est le genre de type à faire bander les mecs autant qu'il fait mouiller les filles. Houla, je suis en train de devenir une vraie obsédée. Allons-y, puisqu'on ne peut pas se passer de moi sur le tournage.

— Allez, viens, Jax. Jake, tu viens, on y va et vous faites la paix, les garçons, ordonné-je en lui tirant le bras pour stopper sa réaction débile.

On n'est pas dans une cour de récré. Je ne sais vraiment pas pourquoi on aurait besoin de moi sur le plateau. Je suis une miss cata et je risque de trébucher dans un truc, de casser quelque chose ou dieu sait quelle autre connerie que je pourrais faire. Lucifer serre ma main, Jake sourit étrangement en rentrant dans ce qui semble être une tente avec des costumes, une coiffeuse avec des spots. Cette histoire ne va pas me plaire, je ne le sens pas du tout. Jake m'installe sur une chaise. Lucifer se poste devant moi accompagné de son regard charmeur déloyal.

— Bébé, je veux que tu sois dans le clip, *She's my drug*. Cette chanson, c'est toi, plaide-t-il comme s'il était à la barre.

— Moi ? Ne dis pas n'importe quoi. Mais je n'ai pas envie de faire ça. Tu crois que cette nuit te donne le droit de décider pour moi ? Tu rêves !

— Tu ne vas pas le faire pour moi. Tu ne vas pas le faire pour nous. Tu le fais pour toi, uniquement toi. Je tiens trop à ce qu'on a pour nous exposer aux vautours. On ne verra pas ton visage seulement ton putain de corps bandant et ta chevelure de lionne.

— Il a raison, ma chérie, tu vas sortir de ta zone de confort et ça va être génial. Je m'occupe d'elle. Dégage d'ici.

Deux contre un, je n'ai aucune chance. Il sort avec son regard pas touche. Moi, Stones, la femme la plus complexée au monde va se retrouver sous le feu des projecteurs. Dire que je suis stressée est un euphémisme. En même temps, j'ai envie de me jeter à l'eau. Je devrais enfin me lâcher comme on ne cesse de m'y pousser. J'ai commencé hier en enregistrant avec le groupe et en admettant mes penchants déviants si on peut dire ça comme ça. Peut-être que finalement, les limites que je me mettais, c'étaient des conneries.

— Tu savais ? dis-je d'un air sceptique.

— Tu sais bien que je sais toujours tout avant tout le monde, comme toutes les personnes qui comptent !

Je vais l'inscrire à des cours de modestie niveau débutant parce que là, c'est vraiment plus possible.

— Tu penses que je vais y arriver ?

— Si j'ai bien compris, tu ne devras seulement marcher. C'est dans tes cordes si tu veux mon avis. Je peux me mettre sur le côté avec un costume à paillettes et des pompons si tu veux ? Maintenant, laisse-moi te préparer. J'ai une robe noire de dingue à te faire essayer. Avant, je vais te remaquiller parce que tes deux hommes n'ont pas dû te laisser dormir, pas plus que le mien. Normalement, on ne verra pas ton visage, mais rendre dingue Jax est un plus. Tu veux que je te dise, c'est un enfoiré, mais un enfoiré qui te fait du bien. Il te pousse enfin à prendre des risques et à être la vraie toi.

Il n'a pas tort, depuis que je connais Jax, j'ai fait des choses dont je ne me serais jamais cru capable. En même temps, dès qu'il me demande quelque chose, je n'arrive pas à lui refuser et ce n'est pas pour me rassurer. On parlait de pompons, c'est vrai.

— Pour les pompons, c'est hors de question. Tu sais bien que je ne parlais pas de marcher. Et c'est bon, tu as fini avec tes allusions sexuelles ?

Je sais ce qu'il fait, c'est toujours la même tactique qui s'appelle une tentative de diversion. Il me peinturlure la face, me coiffe et m'applique de la crème en parlant de la pluie et du beau temps pour me faire oublier que je n'aime pas ça. Oui, enfin, notre version de parler de la pluie et du beau temps est parfois un peu trash je vous l'accorde.

— Tu fais ta prude, ma chérie, mais on sait très bien que ça t'excite de m'imaginer autant que ça m'excite de t'imaginer. Ça s'appelle un fantasme et tu ne fais que découvrir ce que ce monde a à offrir. Où est Dan ?

— Il a dû partir en urgence, son père a eu une crise cardiaque.

— Le pauvre ! Et toi, ça va après cette nuit ? Je sais que c'est que c'est un grand bouleversement. Quand Pete s'est endormi, je n'ai cessé de penser à toi, de m'inquiéter pour toi.

— C'était comme dans un tourbillon et j'ai eu l'impression d'être enfin moi-même après toutes ces années à nier ma vraie nature. Mais là, avec Dan qui est parti, c'est comme si je ressentais une étrange sensation.

— C'est normal, ma chérie, vous fonctionnez à trois depuis le début, mais tu viens de t'en rendre compte. Quand on parle du loup, ajoute-t-il en montrant mon portable.

Un message de Dan s'affiche : « Tu vas tous les éblouir, ma douce, je suis sur le point d'embarquer, prends soin de ce qui est à moi, à nous ». Mon meilleur ami est d'une curiosité hallucinante. Je lui réponds en lui disant que je lui souhaite bon voyage et que je pense à lui.

— Il n'y a pas à dire, on a décroché le gros lot, ma belle. Ton Dan s'est vraiment y faire pour te rendre folle.

— Je crois bien, oui, et vu comme Pete a réussi à te séduire, il doit être très doué.

— Doué, c'est le mot, rêvasse-t-il. Allez, ma chérie, pour le maquillage et la coiffure, on est bons, laisse-moi te passer cette robe.

Je sens la douceur du tissu flirter avec ma peau. Je laisse mon styliste faire les derniers ajustements avant de me regarder. Je me poste devant le miroir, chevelure sauvage, regard charbonneux et cette robe. Le haut est en cuir et le bas en soie est vaporeux. Je m'aperçois qu'il y a la mention Black Suits comme taguée en argenté. Elle est très décolletée dans le dos.

— Jax m'a demandé de te faire un faux tatouage. Attends deux secondes, je le fais et tu le regarderas. Et tu mettras les converses cloutées, ton pseudo prince charmant a dit que tu ne pouvais pas porter de talons à cause de tes chevilles.

C'est comme ces petits tatouages qu'on faisait enfants. Trois, deux, un… ça y est. J'ai hâte de voir.

— Une Walkyrie avec mine ? Sérieux ? Je vais le tuer.

Moi, une Walkyrie ? Au mieux, je serais une apprentie Xena la guerrière, le genre qui se blesse avec son épée.

— Ça prouve qu'il te connaît très bien et je crois bien que la mine, c'était pour marquer son territoire face à moi. Ce qui est sûr, c'est qu'il assure ses arrières.

— Est-ce que vous pourriez vous entendre au moins pour aujourd'hui ?

— On pourrait, mais c'est plus fort que moi, j'adore l'asticoter.

— Tu es cruel, répliqué-je avec mon regard le plus noir.

— Oui, bon, allons-y, sinon ton homme va faire sa crise. Déjà qu'il n'a pas l'air patient comme garçon. N'oublie pas que je suis à côté. Tu vas assurer, ma chérie.

Entrons dans l'arène en espérant que je ne vais pas me ramasser. Heureusement qu'il n'a pas pris des talons aiguilles, je serais déjà à plat ventre. Si je fais des cascades au lieu de simplement marcher, je dépasserai leurs espérances !

Chapitre 26
« Stairway to heaven »,
Led Zeppelin

Jax

Je suis assis sur mon siège. Je crois qu'on va bientôt pouvoir passer aux choses sérieuses. Pendant que ma furie était avec son doudou qui ne rate jamais une occasion de me faire chier, on a pu revoir le *story-board* et l'enchaînement des prises. Je bois une gorgée de mon café que je recrache brusquement quand je vois Stones sortir de la loge improvisée. Apparemment, il n'y a pas que moi qui suis sous le choc car Kyle a la bouche ouverte. Mon regard noir le décide à arrêter de la mater. Son corps est super bandant dans cette putain de robe. Elle s'avance vers moi le sourire aux lèvres. Ses yeux sont encore plus fascinants avec ce maquillage. Je dois reconnaître que son doudou sait y faire, même si ça m'emmerde de l'admettre.

Le cuir du haut de la robe me ramène à des instruments beaucoup trop familiers : fouets, cravaches et attaches. Des objets que j'adorerais tester sur ma furie. Le sentiment de possession que m'inspire sa robe qui porte la mention Black Suits me fait me sentir à l'étroit dans mon jean. Quel que soit le prix que Jake demande, je lui achète, c'est clair. Putain, cette robe me donne des envies de malade. Merde, il va falloir que je pense à autre chose. On a un clip à tourner. Stones se poste devant moi avec un visage de petite fille à qui on viendrait d'offrir sa première robe qui me fait craquer. Ma délicieuse furie, enfin mienne.

— Tu aimes ? demande-t-elle tout à coup, pas sûre d'elle.

Je la positionne entre mes jambes pour que personne n'entende ce que je vais lui murmurer.

— Je fais plus qu'aimer. Tu sens comme je bande pour toi, affirmé-je en prenant sa main pour la plaquer discrètement sur mon entrejambe.

Ses pommettes rougissent et j'adore ça, mais si je poursuis sur cette voie, je suis foutu. Ça ne va déjà pas être facile comme ça. Ma furie me regarde comme si j'étais son petit déj''. Patience, bébé. Ce soir, je vais bien m'occuper de toi, c'est une promesse.

— Alors, comme ça, tu veux que je marche ?

— Dans l'idéal, tu serais mieux à genoux devant moi, plaisanté-je à moitié.

— Je parle du clip, Jax.

— Oui, attends, je change de tee-shirt et je t'explique, ma Stones.

— Ok, mais je te rappelle que j'accepte sous la contrainte, et ne pense pas que je ne vois pas clair dans ton jeu. Je sais parfaitement que tu as embarqué Jake dans l'histoire pour que je sois obligée d'accepter. Tu vas me le payer, menace-t-elle en mode Cruella.

J'enlève mon tee-shirt doucement pour brouiller les pistes. Elle me détaille le souffle court. J'adore sa manière de laisser traîner son regard sur mes tatouages l'air de rien. Je la vois mordre sa lèvre dans une pauvre tentative de rester maître d'elle-même. Mission accomplie. Ma furie m'adresse un sourire mauvais genre la Walkyrie qu'elle porte en tattoo. Franchement, la Stones que j'ai retrouvée dans le trou du cul du monde est un peu psycho. Cette nouvelle facette m'excite à mort à croire que j'ai moi aussi un côté psychopathe. En même temps, ce n'est pas nouveau. Kyle dit toujours que si Satan visitait mon cerveau, il trouverait un de ses alliés ou son maître. Il a un humour un peu spécial. Bon, allez, ce n'est pas de tout ça, mais je dois expliquer à Stones comment bouger son corps devant la caméra avant de lui montrer comment bouger son corps avec moi. Stop ! *Let's go.* Autant j'aime faire de la musique, ce genre de conneries de faire le guignol devant la caméra, ce n'est pas du tout ma tasse de thé. Mais bon, c'est le jeu et il faut s'y plier. Je prends la main de ma furie et l'amène jusqu'à la première marque.

— Bon voilà, tu n'as qu'à marcher d'ici à la marque rouge un peu plus loin. Tu crois que tu vas t'en sortir ? me moqué-je.

— Je devrais pouvoir y arriver. Et ça, ça sert à quoi ? questionne-t-elle en montrant le ventilateur.

— C'est pour faire virevolter ta robe sur tes courbes de dingue.

— Ah d'accord, c'est tout à fait désintéressé alors.

— J'ai pas dit ça non plus. Je fais pas dans la charité, moi. Je vais me mettre à côté et te mater, promets-je sans le moindre scrupule.

— Tu es vraiment un connard.

— Je ne dis pas le contraire, mais je suis ton connard. La caméra va s'avancer sur le rail, et toi, tu n'auras qu'à marcher quand je te dirai action. Je vais dire à l'équipe qu'on est prêt avant que tu ne changes d'avis.

Je me poste devant elle, la regarde et lui prends les mains.

— Je suis sûr que tu vas assurer. C'est l'histoire de quelques prises. Ensuite, tu pourras rejoindre ton doudou sur vos sièges.

— Tu es sûr ? s'inquiète-t-elle.

— Mais oui, tu sais marcher depuis que tu as quoi, un an ? ricané-je.

Je fais signe à l'équipe de se ramener parce qu'elle panique. En même temps, je ne peux pas lui en vouloir. D'une, je l'ai prise au piège dans ce truc, de deux, on ne s'habitue jamais à être sous le feu des projecteurs. En tout cas, je ne m'y suis jamais habitué. Si on faisait comme je le voulais, on jouerait encore dans le bar où on a commencé. Le gin était dégueu, les toilettes crades, mais au moins seule la musique comptait. Maintenant qu'on est célèbres, il faut suivre les règles du jeu. La partie créative est cool, mais il faut assumer l'envers du décor : l'attitude qu'il faut avoir, les paparazzis, se montrer et l'absence de vie privée. Je ferai tout pour que ce monde ne la détruise pas comme il m'a détruit.

Finissons-en au plus vite. Le caméraman est *ready*, c'est parti.

— *Let's go*, Stones.

La sublime créature qui m'obsède se lance d'une démarche étonnamment assurée. Ses cheveux s'envolent formant un halo autour de son visage. Sa robe virevolte offrant une vue parfaite sur le tag « Black Suits ». Si je m'écoutais, je dirais « Coupez ! » et l'emmènerais direct dans une de ces putains de maisons en roche pour lui faire sa fête. Mais on est dans la réalité, alors je me contente de la regarder comme un type au régime devant une pâtisserie. Kyle lui fait faire plusieurs fois la même prise pour être sûr que tout soit dans la boîte. Kyle, c'est le boss pour ça. Donc je ne suis pas surprise quand je l'entends dire :

— Amuse-toi, danse, saute, lâche-toi, on va mettre la musique plus fort, ma belle !

Putain, il lui donne du « ma belle » et je suis sûr que c'est juste pour m'emmerder. Elle s'exécute et il avait raison, ça va donner encore plus de rythme à l'action. Elle danse comme s'il n'y avait pas tout ce monde autour. Mon *self-control* est dans la merde. Heureusement que Kyle est là pour me servir de garde-fou. Je ne comprends pas ce qui est en train de se passer entre nous ni ce qui s'est passé cette nuit. C'est comme si toutes les putains de planètes étaient enfin alignées, comme si seule sa présence pouvait me permettait de respirer normalement. Stones est bel et bien ma drogue et cette fois-ci aucune désintox ne sera possible.

— On fait quelques prises dans une maison et après on te libère.

On monte dans une maison dont l'escalier est creusé dans la pierre. C'est quand même nettement moins risqué que l'échelle. J'ai besoin qu'elle soit en parfait état de marche pour supporter tout ce que j'ai envie de lui faire. Kyle et le caméraman font des prises de Stones qui regarde l'horizon assise, debout, jouant avec le bas de sa robe sur le rythme de *She's my drug.* Après avoir tenté toutes les positions possibles et imaginables, à part celles qui impliqueraient moins de vêtements, bien sûr, on en a enfin fini. Kyle se tourne vers moi en affichant un sourire d'imbécile heureux.

— Elle est géniale, murmure-t-il

— Oui, elle l'est et si tu tiens à tes couilles, garde tes distances, mon vieux, m'énervé-je.

— Ah ben ça, si on m'avait dit qu'un jour, je verrais le grand Jaxson Smith mordu…

Je lui envoie un coup de coup de coude dans les côtes. Même si je refuse de l'admettre, je sais qu'il a raison. Je refuse de le dire à haute voix parce que ça rendrait les choses trop vraies. Je me suis juré que je ne laisserais jamais personne avoir un tel pouvoir sur moi. Je suis donc là à essayer de limiter les dégâts alors que c'est peut-être déjà trop tard, alors qu'elle me regarde comme si j'étais une friandise qu'elle allait déguster. La vérité, c'est que je ne sais pas aimer ni être aimé. Je n'ai jamais su. Si je pensais moins à ma gueule, j'arrêterais le massacre pour la préserver de ma noirceur, mais je suis moi. Là maintenant, j'ai besoin d'un peu de distance pour me reprendre. Ce n'est vraiment pas mon genre de me torturer comme ça.

— Kyle va te raccompagner auprès de ton doudou, la journée va être longue, déclaré-je.

Ma froideur la fait sursauter, mais elle ne dit rien. Stones se dirige juste vers Kyle, la tête baissée comme si elle avait fait quelque chose de mal. Mon pote me lance un regard d'incompréhension en fronçant les sourcils et l'emmène à l'extérieur.

Maintenant que je l'ai retrouvée, j'ai une putain de peur de la perdre. J'aimerais pouvoir la retenir prisonnière dans une maison, une chambre ou un donjon. J'aurais au moins l'assurance qu'elle reste quoi que je fasse. La question n'est même pas de savoir si je vais merder, mais de savoir quand je vais merder. Dan et moi lui cachons tellement de choses, notre passé, Julia et j'en passe. Je sais en plus que, contrairement à Dan, je n'ai aucun don pour les relations, quelles qu'elles soient. Heureusement pour moi, Stones n'est pas intrusive, sinon j'aurais déjà pondu des mensonges de merde comme d'hab' dans mon propre intérêt. Je reste là comme un con à donner à donner des coups de pieds dans la roche pour me calmer. Kyle revient en mode Captain America qui veut sauver Stones sans bouclier.

— Mais putain, qu'est-ce qui te prend encore ?

— Je n'y arriverai pas, je vais merder comme il y a deux secondes, putain ! Et cette fois, je la perdrai définitivement.

— Alors, ça, je savais que tu étais un enfoiré, mais si on m'avait dit que tu étais un trouillard, je ne l'aurais jamais cru, espère de lâche ! Alors, si je récapitule, tu fais tout pour la retrouver. Et là, quand tu l'as enfin, tu paniques. Sois un homme, un vrai, pas un couillon qui détale à la première difficulté. Et puis, tu veux que je te dise, tu as intérêt à lui dire pour Julia et le reste parce que sinon tout ça va vous exploser en pleine gueule.

— Tu vas lui dire ?

— Non, je ne suis pas une balance et ce n'est pas à moi de le faire, mais tu devrais le faire parce que si elle l'apprend par quelqu'un d'autre, tu vas avoir du mal à rattraper ça.

Je sais très bien qu'il a raison et que cette ombre plane au-dessus de nous. Fais chier, putain, j'aurais dû m'en tenir à mon plan de départ, Séduire, Baiser, Détruire, Oublier, je ne serais pas là encore à deux doigts d'appeler quelqu'un pour une dose. Je décide alors de me remuer et de me plonger dans le travail avant de prendre une dose de Stones mon autre drogue. Peut-être que c'est mieux de me foutre la tête dans la chatte de ma furie et d'ignorer la réalité enfin si elle ne fait pas trop sa furie après mon comportement de merde. Du grand Jax, quoi !

Chapitre 27
« Voodoo », Godsmack

Stones

Kyle me ramène vers mon siège avec l'air compatissant de quelqu'un qui me ramènerait dans ma maison de retraite. Je dois lui faire vraiment pitié. Ce Lucifer est plus imprévisible qu'un ouragan. Son comportement va d'un extrême à l'autre sans aucune raison apparente. Pourtant, même si je sais que je vais forcément me brûler les ailes, je ne parviens pas à m'éloigner de Jax ni de Dan. Je sens bien qu'ils ont des cadavres dans le placard. C'est dans ma nature de vouloir vivre dans le déni. C'est comme si j'étais dans une formule 1 lancée à pleine vitesse vers un mur et que je ne freinais pas. C'est peut-être mon côté sombre comme si je me sentais plus à ma place en enfer qu'au paradis. Je me suis retrouvée dans une espèce de relation avec deux princes des ténèbres et je sais que je n'en sortirais pas indemne. *Aucun instinct de survie ma pauvre fille,* me dit ma conscience. Je m'installe donc dans mon siège à côté de mon doudou, comme dirait Lucifer, et de Pete.

— Ça s'est bien passé, ma chérie ?

— Oui, enfin, je crois, tu sais bien qu'exposer mon corps n'est pas vraiment ma tasse de thé...

— Je suis sûr que tu étais parfaite comme d'habitude, ma belle, me complimente-t-il en me prenant la main.

Pete soupire et détale comme un lapin non sans me lancer un regard vindicatif.

— Qu'est-ce qu'il lui prend, J ?

— Oh ça, je crois qu'il est un peu trop possessif et qu'il a du mal à comprendre ce qu'il y a entre toi et moi.

— Et si j'allais le voir, je te dois au moins ça et puis il est hors de question qu'il t'en veuille par ma faute.

— Tu ne me dois rien et puis il va devoir s'y faire. J'ai été clair quand je lui ai dit que s'il me demandait de choisir entre toi et lui, je te choisirais, toi.

— Mais enfin, J, pourquoi lui dire une chose pareille ? Toute vérité n'est pas bonne à dire, tu connais ? Tu es pire qu'une arme chargée à bout portant. Tu peux le penser, mais tu m'étonnes qu'il ne soit pas ravi de me voir après ça. Tu te rends compte de l'étrangeté de notre relation ? C'est peut-être le début de quelque chose de génial entre vous deux. Je pense qu'on devrait prendre un peu de distance, être moins nous ou se voir moins souvent quand on sera de retour à Bruxelles...

Il doit bien y avoir une solution pour que tout le monde ait ce qu'il veut. Il se lève et se tortille les doigts, ce n'est jamais bon signe, ça.

— C'est ce que tu veux ? s'énerve-t-il.

Bien sûr que ce n'est pas ce que je veux, mais je ne veux faire souffrir personne. Je veux que tu aies l'homme que tu mérites après les épreuves que tu as dû surmonter avec ton ex.

Je devrais lui dire ça, mais comme une conne, je dis :

— Ce serait peut-être mieux pour tout le monde.

— Alors, c'est ça tu te dégottes deux Apollons et je n'existe plus !

— Tu sais bien que ce n'est pas vrai. Je veux juste te donner une chance d'être heureux, même si ça veut dire que je dois m'effacer. Tu es là pour moi depuis toujours, je peux bien faire ça pour toi. Tu es comme une partie de moi.

— Stones, dis-moi que c'est une mauvaise blague. Dis-moi que tu n'y penses pas sérieusement. Tu es partie deux ans ici, deux ans pendant lesquels je ne t'ai vue que quelques fois, c'était horrible. Il est hors de question que tu t'effaces, n'en déplaise à ces messieurs Smith. Il va m'entendre Pete d'avoir mis ça dans ta jolie petite tête. Je ne pourrais pas être heureux sans toi. J'ai une place à part dans ta vie comme tu en une dans la mienne. Je vais régler ça avec monsieur possessif, mais parlons plutôt de toi et du brun ténébreux tyrannique qui nous observe.

— Disons que je ne sais pas où je vais, mais j'y vais. Ce type est tellement imprévisible qu'il me faudrait une madame soleil à plein temps pour prévoir ses réactions ou un décodeur. Du coup, je suis tes conseils, je me lâche.

— Tu es tellement belle quand tu te lâches, j'approuve à cent pour cent.

— Pour Pete, je pense vraiment que tu devrais faire des efforts. Il n'est pas libertin comme toi et je suis une femme. Ça doit être vraiment déstabilisant. Mets-toi à sa place, tu lui annonces d'entrée qu'il n'aura pas la première place. C'est vraiment une mauvaise base pour commencer quelque chose.

— Maintenant que tu me le dis, c'est clair que la diplomatie n'est pas mon fort. Je pense que je vais devoir me faire pardonner, mais avant, promets-moi qu'on ne reparlera plus de ce truc de distance. Je fais déjà des efforts pour ne plus t'embrasser, je pense que c'est assez de distance comme ça.

— Tu es vraiment impayable, ricané-je.

— Mais c'est pour ça que tu m'aimes, ma chérie.

— Sans aucun doute.

On continue notre passionnante conversation sur les mérites du physique ô combien avantageux des membres des Black Suits. Il me pose des tonnes de questions sur les capacités sexuelles de Dan et Jax que j'esquive comme une pro avec des années de pratique. Des directives ont sans doute été données au staff parce qu'on est traités comme des rois. Des gin tonics nous sont même proposés avec des mezze au moment du déjeuner. Assister à un tournage de clip est étrange, comme si on était dans les coulisses. C'est l'effervescence, tout le monde n'arrête pas de courir sauf nous. Nous, on flemmarde sur des coussins dans le coin lounge oriental qui a été installé.

J est allé chercher Pete qui est revenu et semble s'être calmé. Je ne sais pas ce qu'il lui a fait pour obtenir ce résultat et je préfère ne pas savoir. Jake et lui flirtent comme des ados, ils sont trop mignons. J'en profite pour détailler Lucifer. Je fonds devant cet air concentré qu'il arbore quand il est à fond dans son travail. Et puis, il y a ses fesses mises en valeur par son jean, son torse ruisselant quand il enlève son tee-shirt et tous ses gestes si virils devant lesquels je n'arrête pas de saliver. C'est comme si j'étais dans la pub Coca light à regarder ce type ultra sexy passer la tondeuse. Lucifer ne me lâche pas du regard depuis que je suis assise. L'ombre ne s'y est effacée que quand Jake s'est éloigné de moi. Il est devenu brûlant comme s'il était en train de m'enlever toutes mes fringues. Une vague de chaleur me submerge quand il s'approche de moi.

— Le clip est dans la boîte, mais il faut que je te montre un truc.

Je le laisse me prendre la main et m'emmener je ne sais où comme si sa vie en dépendait. On passe le plateau et on s'enfonce dans la vallée jusqu'à une maison troglodyte dans laquelle on entre.

— C'est ça que tu voulais me montrer ? J'ai vécu ici plusieurs années, je connais, c'est bon !

Ben quoi, c'est vrai, il y a plus de maisons troglodytes que de doner kebabs ici.

— Oui, *my precious* Stones, mais je suis sûr que tu n'y as jamais fait ça, s'amuse-t-il en m'embrassant.

Jax relève ma robe, trace mes mollets, puis mes cuisses de ses doigts. Il empoigne mes fesses en me disant :

— Putain, tu m'allumes depuis des heures et tu crois qu'on va visiter ? Tu as un petit problème, me semble-t-il, dit-il en passant un doigt dans ma culotte. Tu es toute mouillée. Et délicieuse, apprécie-t-il en me goûtant sur sa main. Je crois qu'on va devoir appeler Dan pour savoir s'il a une solution à ton petit problème, bébé.

Il sort son iPhone et compose le numéro de Dan. Il ne va pas faire ça, quand même. Oh si, je crois bien qu'il est en train de le faire. Je ne sais pas pourquoi, mais ça m'excite qu'il prenne tout en charge comme si je n'avais à m'occuper de rien. Le temps est suspendu alors que ça sonne. La voix grave de mon gentleman tatoué retentit :

— Oui, Jax.

Cette voix me donne encore plus chaud.

— Où es-tu, mec ?

— Dans mon penthouse, un problème ?

— Stones est toute mouillée, il faudrait qu'on résolve ce petit souci.

— Ma douce, tu es toute mouillée ? Tu veux qu'on te soulage ? Dis-moi.

Entendre Dan parler de manière aussi crue me déstabilise complètement. Je n'arrive pas à parler. Mon intimité me démange tellement que seuls des gémissements désordonnés sortent de ma bouche.

— Mmmh…

— Ma queue est tellement dure, ma douce. Je crois que je vais devoir me soulager. Pourquoi tu ne te mettrais pas à genoux pour soulager Jax ? Active la vidéo, mec.

Je m'exécute. Ce n'est pas très confortable car le sol sableux agresse mes genoux. Lucifer frotte mon visage contre sa queue. J'aperçois Dan tellement sexy torse nu sur l'écran et mes mains caressent le torse transpirant de mon autre homme.

— Ma déesse, tu es magnifique, comme ça à notre merci.

— Et si tu te relevais pour que je m'enfonce en toi finalement ? J'ai envie de jouir dans ta jolie petite chatte. Dépêche-toi, ma Stones, avant que quelqu'un nous trouve.

Sur l'écran, je vois mon Dan sortir sa bite et commencer à la caresser, un sourire pervers aux lèvres. Lucifer sort une capote de sa poche, ce type est toujours prêt, ce n'est pas possible. Il me la tend.

— Et si tu me couvrais de cette chose avec ta délicieuse bouche, bébé ?

Le risque que quelqu'un nous surprenne décuple mon excitation. Je défais le bouton de son jean de mes mains tremblantes. Je baisse son boxer et fais jaillir son sexe. J'ouvre tant bien que l'emballage et essaie de mettre le préservatif sur mes lèvres en manquant de le faire tomber plusieurs fois. Je parviens enfin à le mettre avec ma bouche et le dérouler d'une façon plutôt sexy si j'en crois le regard affamé qu'il affiche. Jax pose le portable sur le petit muret pour que Dan ne loupe rien du spectacle qu'il s'apprête à voir :

— Ma Stones, mets tes mains sur le mur et penche-toi pour qu'on voie bien ta jolie petite chatte.

Je fais ce qu'il dit en me laissant guider par sa voix rocailleuse. Je sens ses mains caresser mes fesses doucement puis les empoigner. L'anticipation me rend folle. Je dégouline tellement qu'il pourrait me pénétrer jusqu'à la garde maintenant sans que je ressente la moindre douleur. Je sens son souffle agresser ma chatte, ses caresses partout sauf là où j'en ai besoin. Jax déplace le téléphone de façon à ce qu'il soit pile en face de moi. Dan me regarde en se branlant et ça me rend démente.

— Tu aimes ce que tu vois, ma douce ? Si tu veux que ton homme te soulage, il va falloir le demander gentiment, dis-nous ?

— Je veux... J'ai envie...

— Qu'est-ce que tu veux, ma Stones ? dit-il en me donnant la fessée.

— Prends-moi, Jax.

Il s'enfonce d'un coup et me pilonne sans relâche. Nos gémissements s'élèvent. On n'entend que ça à cause de l'écho. Seules la sensation de sa queue qui pénètre ma chatte et la vision de Dan qui caresse sa bite comptent.

— Tu es tellement bonne ma belle. Tu n'as pas intérêt à jouir sans mon autorisation, sinon tu es bonne pour la fessée du siècle.

J'ai presque envie de désobéir pour qu'il me donne cette fessée, mais sa queue accélère. Les grognements de Dan me disent qu'il n'est pas très loin lui non plus.

— Jouis pour nous, donne-moi ta mouille, grogne-t-il.

— Jax... Dan...

Et là j'explose, des particules blanches partout. Je manque de m'écrouler sous l'effet de l'intensité. Jax se lâche d'un coup suivi par Dan qui explose sur son ventre tatoué. Mon rockeur sexy se débarrasse de la capote et me blottit contre lui en soupirant de satisfaction.

— Tellement bonne, je ne voudrais plus jamais sortir de ta chatte.

— Tu nous fais tellement de bien, ma douce, sourit Dan. Je vais devoir y aller, on se rappelle.

— À plus, mec.

— Au revoir, chéri.

Dan sourit dans le genre satisfait de lui-même. Chéri, mais d'où ça sort ça ? Mon cerveau est définitivement porté disparu. Ça ne fait même pas quelques semaines que je le connais et je lui donne déjà du chéri. Qu'est-ce qu'il ne va pas chez moi ? Il comprend parfaitement mon trouble si j'en crois son petit rire avant de raccrocher. Lucifer me ramène à la réalité.

— Et si on restait quelques minutes tous les deux pour nous remettre de nos émotions, ma Stones ?

Il s'assoit à même le sol et m'attire contre lui, ma tête sur son torse. Il respire mon odeur, je respire la sienne. J'aimerais simplement qu'on reste là dans ce monde où il n'y a rien d'autre que nos trois âmes. Pas de règles, pas de monde extérieur, pas de rockstar, pas de beau gosse tatoué, seulement trois êtres humains en symbiose. Quand on est tous les trois, je ne me pose pas de questions, je n'ai pas de doute, c'est juste une évidence. Tout change quand notre bulle rentre en collision avec l'extérieur. C'est un cataclysme, il y a leurs secrets, Jake, ce truc entre nous que je ne peux plus ignorer. Je ne parle même pas de mes démons intérieurs : le regard des autres, ma morale, ma raison et mon poids. Tout ce qui fait ma substance, tout ce qui fait que je suis manifestement, malheureusement et irrémédiablement moi.

Bienvenue dans cette mission suicide !

Chapitre 28
« I Wanna Be Your Dog », The Stooges

Jax

Je suis là assis avec elle blottie contre moi et je me rends compte que j'ai peur, une peur irraisonnée de la perdre alors que je ne l'ai pas encore vraiment. Je ne peux me souvenir d'aucun engagement autre que celui de tenter quelque chose tous les trois. Cette furie vous file entre les doigts plus vite que le vent. Comment retourner dans les ténèbres quand on a enfin la chance de connaître la plénitude de la lumière ? Il va tout de même falloir que je trouve le courage de lui dire pour Julia avant que l'info sorte. Si ça vient à se savoir, c'est clair que son premier réflexe ne sera pas de nous embrasser. C'est plus fort que moi, à chaque fois que j'essaie de lui dire, je me dégonfle. Le jour où j'ai rencontré cette pétasse de Julia, j'aurais mieux fait de me faire renverser par une voiture. Kyle a raison, je suis un espère de lâche. Je m'imprègne d'elle avant la surprise que je lui ai préparée. Je veux profiter à fond de notre temps ensemble avant qu'une autre merde nous tombe dessus.

— Tu viens, *my precious* Stones, j'ai préparé un petit quelque chose pour toi.

— Un truc comme celui que tu viens de me montrer ? ricane-t-elle.

— J'aimerais bien, mais non, tu vas voir, on va s'éclater.

Je n'avais pas réalisé que ça faisait si longtemps qu'on était partis. Le tournage a déjà laissé sa place au feu de camp avec le groupe, le doudou et mon frère. La nuit vient de tomber et j'admire le visage de ma furie qui s'éclaire. J'aurais fait cette surprise à n'importe quelle femme de mon entourage, elle aurait fait la grimace, style je vais saloper mes stilettos, mais pas Stones. Elle sautille en dansant sur la musique et m'enlace pour me remercier.

— Wow, un feu de camp en pleine Cappadoce, j'adore. Viens, on va s'asseoir.

— Vas-y je te rejoins, je vais nous chercher des cocktails.

Je nous sers des Gin tonic et m'installe derrière ma furie pour l'enlacer. Je me dis que c'est notre soirée de fin de tournage et que je compte bien en profiter. J'attrape une guitare et me mets à fredonner un vieux titre de Johnny Cash. Tout le monde se met à le reprendre avec moi, les gars vont chercher leurs instruments, on enchaîne sur *I wanna be your dog*. Je trouve cette chanson trop fun. Stones se met à danser avec Jake, Kyle et mon frère. Elle ne réalise pas à quelle point elle est sexy quand elle se lâche comme ça à la lueur des flammes. Ses courbes qui ondulent au coucher du soleil et son rire qui retentit dans l'atmosphère. Je n'ai jamais rien vu de plus bandant ni de plus beau. Je vois aussi sa proximité avec Jake. J'ai comme l'impression que mon frère voit ça d'un mauvais œil tout comme moi. Il fait vraiment chier le doudou à s'amuser avec ce qui m'appartient.

Je la fais tomber à la renverse et commence à chanter un titre des Stones : *You Can't Always Get What You Want*. Ma furie enchaîne, elle connaît les paroles par cœur comme si elle était faite pour moi. Le même univers, des âmes torturées, une putain de perfection. Tout y passe les Beatles, AC/DC et tant d'autres. J'allume un joint made by

Koll pour le faire tourner même si je sais que je ne devrais pas. J'ai besoin de relâcher la pression, la peur de devoir redevenir cette rock star solitaire camée que j'étais sans elle. Je me cramponne à ma furie en me laissant distraire par ses délicieux effluves de plage et la chaleur du feu de camp. Ma Stones est morte sous l'effet de la weed et se détend dans mes bras. Je ne cesse de lui embrasser la nuque, les cheveux, le visage.

Tout notre petit groupe est heureux, c'est magique de communier à l'unisson au son du rock'n'roll. Jake et Pete s'embrassent, allongés dans les bras l'un de l'autre. Je ne dois plus être très sobre parce que je les trouve vraiment touchants tous les deux. On est encore en train de me confisquer mes couilles, mais j'ai fini par m'y résigner.

Je m'allonge et attire *my precious* Stones contre mon cœur ou ce qu'il en reste. Je regarde les étoiles et me mets à l'embrasser comme si c'était le dernier baiser que je lui donnais. Je l'embrasse pour lui dire tout ce que je regrette de ne pas être, tout ce que je ne serai jamais, tout ce que je lui cache jusqu'à ce que ça me fasse mal, jusqu'à ce que ça lui fasse mal. Je m'endors paisiblement avec la sensation que me démons me laissent enfin un peu de répit. Je suis un dom, c'est moi qui suis censé m'occuper d'elle et faire qu'elle soit en sécurité, tout contrôler. Eh bien, laissez-moi vous dire que le dom craint et qu'il ne contrôle plus rien du tout. Je pense aussi au bordel que Dan doit gérer, mais demain est un autre jour. Stones a vraiment tiré le gros lot de la loterie des ravagés du bulbe.

Le lendemain, les rayons de soleil qui brûlent ma peau me réveillent doucement. Ma Stones grogne comme un bébé qui serait en train de rêver. Je me sens bien et c'est assez rare pour le signaler. Je regarde ce qui m'entoure et c'est que j'apprécierais presque le royaume des bites. Il y a quelque chose de particulier ici, je ne sais pas, un truc dans l'air, comme si tout ce qu'il y avait autour était mystique. J'ai bien dit presque parce que je pense que ça deviendrait vite trop calme pour moi. En parlant de calme, ce putain de téléphone vient jouer les trouble-fête. J'installe Stones sur un coussin et m'éloigne pour pourrir l'abruti qui appelle si tôt. Bon, ok, il est dix heures, mais tout le monde pionce encore à part moi :

— Ouais.

— Jax, ça suffit maintenant, ça fait des jours que tu me dis que l'album sera bientôt prêt et Lee m'a dit que tu es dans un bled au fin fond de la Turquie. Qu'est-ce que tu fous là-bas alors que tu es censé finir un album ?

Putain, Mike, il ne manquait plus que ça. Instinctivement, j'évite toujours de lui répondre quand il appelle. Pour une fois que je réponds sans regarder, c'est un enfoiré au bout du fil. Ce type est mon agent, un type à qui je file beaucoup trop de tunes pour gérer la partir merdique et chiante de la musique.

— Je t'ai dit bientôt ! Tu ne comprends pas le français ? m'énervé-je.

— Tu m'as dit ça il y a deux semaines, alors c'est simple, tu débarques à Londres et tu me finis cet album avant la fin de semaine, crie-t-il comme s'il allait m'envoyer au coin.

— On tourne le clip de *She's my drug*, mec, et après on termine l'album. C'est bon, déstresse.

— Essaie pas de me la faire à l'envers, j'ai appelé le caméraman. Il m'a dit que vous aviez tout bouclé hier soir. Vous débarquez ce soir à Londres sinon j'appelle Jacob, menace-t-il en sachant très bien où appuyer.

— Putain, tu fais chier. OK.

— Tout est arrangé une voiture vient vous chercher dans une heure à l'hôtel.

— Si tout est arrangé, alors je te préviens, connard : tu as intérêt à te souvenir que tu bosses pour moi et pas pour mon paternel.

Mike me raccroche au nez, putain de merde. J'ai déjà plein d'idée pour me venger, encore un qui n'a pas lu les petites lignes dans son contrat. On va enregistrer cet album dans les délais, mais ce n'est pas ça le problème. C'est elle parce qu'il s'agit toujours d'elle depuis que je l'ai rencontrée. C'est ma muse et je ne peux pas fonctionner sans elle, plus maintenant. Je dois absolument la convaincre de venir avec moi à Londres. Je ne peux quand même pas la kidnapper dans la voiture et ensuite dans le jet.

Quoique ? Peut-être que ça marcherait si je la distrais jusqu'à Londres. Après tout, j'ai de solides arguments, enfin surtout un. N'importe quoi ! En tout cas, ce n'est pas le moment de la laisser seule à proximité de son putain de doudou de merde. Bon je vais réveiller tout ce petit monde. J'avise le mégaphone que Kyle s'est acheté pour se la péter. Je vais quand même réveiller ma belle furie plus doucement. Je ne suis pas un monstre quand même. Je m'agenouille à ses côtés et fais des cercles sur sa nuque. Elle s'étire tout doucement en souriant. Qu'est-ce que j'aimerais la baiser là maintenant, mais bon je ne suis pas exhibitionniste à ce point-là.

— Il est quelle heure ? demande-t-elle d'une voix ensommeillée.

— Dix heures, on va devoir y aller, bouche-toi les oreilles bébé.

Elle ne semble pas comprendre mais s'exécute. C'est parti pour le show, je me réjouis d'avance de voir leurs tronches.

— Alerte générale ! On se lève, ceci n'est pas un exercice. Le connard de service de Mike vient d'appeler. On doit repartir à Londres pour enregistrer. Je répète, ceci n'est pas un exercice.

Ma Stones revêt instantanément un masque d'inquiétude.

— À Londres ? Pourquoi ? Tu reviens quand ?

Je suis tellement satisfait de voir que cette nouvelle l'attriste.

— Le temps de finir l'album, mon manager ne me laisse pas le choix. Alors, tu viens avec moi, je vais tout arranger avec Lee, dis-je comme si ce n'était qu'une formalité.

— Non, je rentre à Bruxelles pour reprendre mon poste.

— C'est hors de question ! hurlé-je.

— C'est ce qu'on verra. Je vais appeler l'hôtel pour qu'il prépare un petit-déj', j'ai faim.

Et là, elle se barre vers Jake en me fusillant du regard. Je rêve ou elle me snobe ? Son masque initial s'est bien vite transformé en masque de guerrière. Mes potes se réveillent avec des têtes d'acteurs de l'exorcisme. Tout le monde essaie tant bien que mal de rassembler ses affaires et ses idées. Putain, il n'est pas question qu'elle reste seule dans la zone de chasse de son doudou, surtout quand Dan est absent. Il doit y avoir une solution pour la forcer à venir. Les gars viennent me voir pour que je leur fasse un topo sur ce qui s'annonce comme une semaine bien casse-couille. On remballe enfin par nous j'entends l'équipe, on ne va quand même pas se salir les mains. Ma furie me fusille du regard et je me dis qu'elle va encore me mettre les nerfs, pour ne pas changer.

Chapitre 29
« In the End », Linkin Park

Stones

Venir à Londres avec lui, non mais ça ne va pas bien ! Autant ses ordres dans l'intimité m'excitent, autant dans la vraie vie il n'y a pas moyen. Il s'est pris pour mon père ou quoi ? ? Et puis, ça va me faire du bien de prendre du recul sur tout ça. Tout est allé bien trop vite et ce genre d'attitude le prouve bien. Quand il réagit comme ça, j'ai l'impression de redevenir la grosse, le boulet, celle dont on ne veut pas. De retour à l'hôtel, mon humeur maussade et moi faisons les bagages. Et bien sûr, il fallait que Sa Majesté embarque son dressing entier. Du coup, ça nous prend des plombes. On a sûrement loupé le petit déj'' et j'avais faim. Ça ne risque pas d'améliorer mon état.

Jake m'enlace et met sa tête sur mon épaule.

— Qu'est-ce qui ne va pas, ma chérie ?

— Tu m'emmerdes à avoir pris autant de fringues, il m'emmerde à me traiter comme sa chose, tout m'emmerde…, m'énervé-je.

— Calme-toi, ma belle, je sais que ça te fait chier de partir d'ici. Concernant Jax, rien ne t'oblige à accepter qu'il te traite comme ça. Après tout, le tatouage disait que tu étais une Walkyrie, alors comporte-toi comme une.

— Tu n'as pas tort, je ne vais pas le rater, décidé-je.

— Je n'ai jamais tort.

— Il faudra vraiment qu'on parle de ton manque de modestie chronique encore une fois ?

On finit les bagages en délirant avec la musique à fond. On met un temps fou parce qu'en plus de tous les trucs qu'il avait apportés en venant, il y a deux valises de plus avec les trucs qu'il a achetés ici. Tous ses trucs vont lui coûter une blinde en suppléments bagage. Et ce qui devait arriver arriva, les autres nous attendent et on a loupé le petit déj".

— Grouille, en plus on a loupé le petit-déj'.

— Ma chérie, je t'offrirai tout ce que tu veux dans l'avion, tu me pardonnes ?

Je dépose un bisou sur sa joue. Un groom vient chercher nos bagages car c'est pire qu'un déménagement. Je dis au revoir à mes anciens patrons et au personnel qui doit être content de nous voir partir vu l'agitation qu'on a causée. J'arrive dans le Vito et m'installe avec Jake en mettant ma tête sur son torse exprès pour emmerder Lucifer. D'un côté, je suis pressée d'être à Istanbul pour me retrouver seule et pouvoir réfléchir à tout ça. De l'autre, il va me manquer. Son intensité, ce que je ressens quand on chante, tout ça va créer un vide. Et d'accord, il y a aussi son corps, toutes les parties de ce corps parfait. J'ai déjà du mal sans Dan, alors si Jax s'en va aussi… Mon gentleman sexy m'envoie des mails, des messages, des mots doux, mais ce n'est pas vraiment la même chose.

Je profite du reste du trajet pour finir ma nuit car on a dû dormir en tout et pour tout deux heures la nuit dernière. Arrivés à l'aéroport, je découvre qu'on voyage en jet. Le maniaque du contrôle a encore frappé. L'avantage, c'est que toutes les merveilles de J n'auront aucun problème à trouver leur place. D'après ce que j'ai compris, on se séparera à Istanbul pour rejoindre nos destinations respectives. On est sur le tarmac à attendre que tous nos bagages, enfin surtout ceux de Jake, soient chargés. J'essaie de me tenir le plus loin possible de Jax pour ne pas l'étriper ou pour me protéger au choix. Je suis en train de mettre au point un plan pour ne pas me retrouver à côté de lui. Mes projets sont directement mis à mal quand il m'embarque sur son épaule. Il va vraiment falloir que ça s'arrête, je suis lourde, lourde, mais j'ai l'impression qu'il ignore l'info. Apparemment, ça fait rire tout le monde, à part moi. Il me pose sur un siège et me met ma ceinture. Ça y est, me voilà ficelée comme un otage. Lucifer, alias Lulu, règle ses petites affaires de groupe. Jake se fout ouvertement de ma gueule, meilleur ami tu parles… Tout ce petit monde s'installe confortablement. Koll est déjà en train de dormir. Je me demande quel est son record de temps d'éveil.

Parés pour le décollage, ce bon vieux Lulu revient et s'installe à sa place comme si de rien n'était. Il soupire.

— Tu penses que tu peux m'ignorer et dormir dans les bras de ce putain de Jake, murmure-t-il entre ses dents.

— Oui, la preuve. C'est ce que j'ai fait, connard, m'énervé-je.

Il ne faut pas pousser mémé dans les orties. J'en ai déjà ma claque de son caractère de merde. Il décide de tout et je devrais me prosterner comme un sujet de Satan. L'hôtesse « je bave sur Lucifer » nous sert des rafraichissements et une collation non sans dévoiler la quasi-intégralité de sa poitrine. Je me jette sur mes muffins comme si je n'avais plus rien mangé depuis des jours, l'effet de la weed sûrement. C'est plus fort que moi, je suis jalouse de cette cruche qui ne cesse de lui envoyer des œillades plus ou moins subtiles. Je ronge mon frein et essaie de paraître le plus relax possible. C'est un échec cuisant si j'en crois le sourire amusé du connard qui est assis à mes côtés. C'est qu'il le fait exprès en plus.

— Viens, on va aller visiter la chambre du jet.

Je sens qu'on ne va pas que visiter, mais je le suis quand même comme une conne. On passe devant les autres et je baisse la tête. Je sais sans aucun doute ce qu'ils pensent qu'on s'apprête à faire. Je rentre dans une pièce qui ressemble à une chambre d'hôtel. Jax me plaque contre la porte :

— On va clarifier les choses. On n'a pas beaucoup de temps. Tu vas jouir vite sur mes doigts.

Il ouvre mon jean et plonge sa main à l'intérieur de ma culotte. Il m'embrasse, me mord la nuque. Ses doigts s'activent en prenant mon clito entre ses deux doigts. C'est l'extase. Ma mouille dégouline sur sa main. Je n'arrête pas de me frotter à sa paume. Deux de ses doigts me remplissent pour me faire monter encore plus haut.

— Alors, bébé, tu viens à Londres avec moi, je m'occuperai bien de toi, c'est promis.

Mon excitation s'éteint instantanément. Je lui fous une baffe en pleine tête. Lucifer a l'air sonné. Il voulait juste m'acheter avec du sexe. Quand Lucifer n'a pas ce qu'il veut, il me baise comme si ça pouvait tout arranger, comme s'il réaffirmait son stupide droit de propriété.

— Tu sais quoi ? Ce n'est pas plus mal que tu partes à Londres, crié-je.

Je sors en claquant la porte. Je suis même plus surprise de ses actes parce que je m'attends toujours au pire avec lui. Il faut à tout prix que je change de place par que je vais lui arracher les yeux. Je vais demander à Karl qui est à côté de Kyle.

— Ça te dérange d'aller à côté de Jax ?

— Non pas de problème ; S, accepte-t-il les yeux toujours sur son smartphone.

Kyle me regarde d'un air inquiet.

— Il y a de l'eau dans le gaz ?

— Comme d'hab', il veut à tout prix que je vienne à Londres et moi je veux repartir à Bruxelles. J'ai dit non et monsieur aime qu'on obéisse. Bref, je lui ai encore foutu une baffe.

— J'ai bien l'impression que notre cher Jax a trouvé son maître, rigole-t-il.

— Si seulement, ricané-je.

Je parle avec Kyle, de l'album, du duo qu'on a enregistré. J'ai toujours aimé chanter, mais je ne suis pas habituée aux compliments. C'est vrai que c'était une expérience de dingue d'enregistrer ma voix dans un vrai studio avec des pros. Tout ce que j'espère, c'est qu'on ne connaîtra pas mon existence, chanteuse fantôme, quoi. Après tout, c'est un titre des Black Suits, pas de Stones. Cette conversation a l'avantage de me calmer.

Je somnole encore un peu avant l'atterrissage. Je me dirige vers la sortie en jetant un regard « va te faire » à Lucifer. Nos bagages seront transférés, reste plus qu'à dire au revoir et se diriger vers l'embarquement. Je dis au revoir au groupe en leur faisant des *hugs*. Jax me prend la main.

— S'il te plaît, ma Stones, ne me quitte pas fâchée.

Il m'embrasse longuement sous les sifflets de ses potes.

— Je serai de retour d'ici quelques jours.

Je ne réponds rien parce qu'il n'y a rien à répondre et que je n'arrive plus à savoir ce que je ressens. Je rentre dans l'aéroport quand Jake me retient me montrant un autre jet. On est vraiment en train de prendre de mauvaises habitudes.

Le voyage est calme, Sa Majesté pionce et Pete a l'air perdu dans ses pensées, tout comme moi.

À l'arrivée à Bruxelles, nous rentrons dans nos logements respectifs après un au revoir des plus sobres pour ménager Pete. Je crois qu'on est tous nazes après la nuit de fiesta qu'on a passée. Je retrouve avec bonheur le cocon de mon appartement. Ce soir je vais juste m'abrutir devant *Gossip Girl* avec un pot de glace pistache. J'essaie de faire le bilan de tout ce qui s'est passé le voyage en Cappadoce : Jake, Dan et Jax, notre relation qui n'en est pas une, l'enregistrement de *Nothing* et celui du clip, cette nuit à la belle étoile.

Ça fait du bien de retrouver un peu de calme, de se poser. On dirait une vieille qui tricote au coin du feu, il ne manquerait plus qu'un chat pour compléter le tableau. J'appelle Dan et lui raconte le reste du séjour. Tout coule de source avec lui, comme si on se connaissait depuis des années. Il a toujours le mot qu'il faut quand il le faut. Il a l'air très occupé, mais reste évasif quand je lui parle du fait de représenter son père dans les affaires. Même chose quand je prends des nouvelles de la santé de son géniteur, tout ça ne me dit rien de bon.

On raccroche car il doit se rendre à un gala de charité ou un dîner de culs serrés comme il dit. Jax m'envoie un selfie pour me souhaiter une bonne soirée. Je pense que je vais avoir besoin de temps pour prendre mes marques dans ce foutoir. Je sais juste qu'on a passé tout le séjour à tout faire sauf parler de ce dont nous aurions dû parler. On est donc dans cet endroit très connu répondant au doux nom de nulle part. Je n'appelle toujours pas ma mère car je n'ai pas envie d'entendre des « je te l'avais dit ». Je lui ai envoyé un SMS pour lui dire que j'étais de retour à Bruxelles après des petites vacances. Il sera toujours temps d'entendre le laïus de cette chère Iris, papesse du monde libertin demain. En attendant *« And who am I? That's one secret I'll never tell.... You know you love me. XOXO, Gossip Girl »*. Quelques épisodes, une bonne douche et dodo. Je rangerai les bagages demain et je soupçonne Sa Majesté d'avoir transféré ses affaires dans les miennes parce que mon nombre de valises a doublé.

Jake voulait venir chez moi pour la soirée, mais la tristesse de Pete m'a dissuadé d'accepter. Je ne veux pas les envahir tout ça parce que je me retrouve seule sans mes deux mecs ou peu importe la dénomination que je leur donne. Si Jake ne veut pas de cette distance, je sais qu'il est de mon devoir de prendre cette décision pour son bien. Ça ne me plait pas plus que lui, mais il mérite de goûter au bonheur.

Je sombre très vite dans un sommeil profond peuplé des visages et des corps de deux hommes que je connais très bien me faisant des choses interdites aux moins de dix-huit ans. La sonnerie d'un message me réveille. Merde, on est le matin et je me suis endormie devant ma série avec un pot de glace fondue. Je n'en reviens pas, j'ai dormi douze heures. Je jette le pot de glace et m'installe sur un de mes tabourets pour lire mes messages. En fait, je n'ai pas un mais vingt messages. Est-ce possible que la terre ait tremblé ? Pourtant, je ne bosse pas aujourd'hui. J'ouvre le dernier en date de Jake : *« Assieds-toi et regarde ce lien, j'ai une commande urgente à gérer à l'atelier, mais j'arrive juste après avec une bouteille de Bombay, ma chérie »*. Mais qu'est-ce qu'il se passe ? Je cours vers l'armoire qui me sert de bar et prends une bouteille avec un verre à shot. Quoi ? Il est 10 heures, mais c'est bien l'apéro quelque part et quand ton meilleur ami te menace de venir avec une bouteille, c'est que l'heure est grave. Je me réinstalle sur mon tabouret, avale un shot cul sec et clique sur le lien en me cachant les yeux. Mais ma pauvre fille, si tu te caches les yeux, tu ne vois rien. Trois, deux, un, allez, courage.

Je ne crois pas ce que je vois, encore moins ce que je lis. Le sol s'effondre sur mes pieds. Putain, je me suis encore fait avoir. Comment ont-ils pu se foutre de ma gueule à ce point-là ? Ma naïveté elle-même me foutrait des claques. Je me verse un deuxième shot pour me donner du courage. Je ne pleure même pas. Je suis tellement en colère que je n'y arrive pas. Comment vais-je me relever après ça ? Les seules pensées constructives que j'arrive à formuler sont des solutions débiles. J'aimerais aller dans un de ces endroits dans lequel on taquine la hache. Avec un peu de chance, des photos d'enfoirés m'auraient servies d'aide visuelle. Il y a aussi la solution *Space X*, genre je disparais de la surface de la terre. Malheureusement, je n'ai pas vraiment les moyens de mes ambitions, même si la hache reste plus abordable. Daddy avait raison quand il disait que l'ironie rendait la vie plus supportable. Que diriez-vous à quelqu'un qui allait droit dans le mur et qui n'a pas freiné ? Je me mets en marche comme un robot, je sais ce que je dois faire. Cette fois-ci, je dois mettre un terme tout ça. Je ne garderai certainement pas ma fierté, mais j'aurais au moins l'assurance d'avoir fait ce qu'il fallait pour mon bien et celui de ceux qui m'entourent.

Chapitre 30
« Ghost », Badflower

Jax

Au même moment à Londres

Il y a quelques minutes, j'étais encore droit dans mes bottes. On aurait pu me prendre pour un homme amoureux si j'étais capable de ressentir quoi que ce soit. Ma muse, ma furie, ma drogue légale, mon oxygène était encore à moi. En tout cas, une partie d'elle-même l'était encore. L'idée de la retrouver et vivre quelque chose tous les trois flottait encore dans l'air. Le seul bémol était cette épée de Damoclès au-dessus de moi, constituée de tout ce que j'avais volontairement omis de lui dire. Le fait qu'on avait déjà partagé une femme, la drogue, mes penchants déviants, des détails quoi. Et d'un coup, c'est comme si tout s'était envolé quand j'avais cliqué sur le lien envoyé par Dan. Juste un message, juste un lien, juste de la destruction. Je sais bien qui est à l'origine de cette connerie, mais ça ne m'aide pas. Nul doute qu'elle ne nous pardonnera pas qu'elle ne nous accordera plus la moindre confiance pas plus qu'elle ne s'en accordera à elle-même. À cette minute précise, je l'ai perdue, j'ai tout perdu et plus rien n'a d'importance. J'écoute *Nothing* pour me souvenir de ce que j'avais. Le mot « *clean* » apposé symboliquement sur mon corps ne tenait plus qu'à un fil et voilà qu'un simple message vient de le couper.

Alors, comme tout borderline qui se respecte, j'ai appelé mon ex-dealeuse qui a été d'une efficacité beaucoup trop remarquable. C'est la raison pour laquelle je me retrouve agenouillé à même le sol à fixer un rail de coke, un rail de cette merde si tentante qu'elle a failli me bousiller organe après organe. C'est le seul moyen de fuir la réalité quand on ne peut plus l'accepter et qu'il est impossible de la changer. Le seul que je connaisse. Alors, pourquoi ne pas sombrer une fois pour toutes ?

À suivre...

Remerciements

Merci à mon âme sœur, F, pour avoir cru en moi et m'avoir encouragé à chaque fois que je doutais. Je te remercie aussi d'avoir lu mon roman, même si ce n'est pas vraiment ton genre car je cite « Il n'y a pas de meurtres ! » Sans toi, je ne me serais jamais mise à l'écriture. Merci à mon petit rockeur pour son énergie et sa joie de vivre communicative.

Merci à Annelise, mon coup de foudre amical, ma première lectrice, celle sans qui je n'aurais jamais envoyé mon manuscrit. Merci à toi pour tes encouragements et ta présence tout au long de l'aventure.

Merci à Georgy et Fabrice pour votre aide et vos airs « pas si surpris que ça » quand je vous ai dit que j'avais écrit un roman. Un autre énorme merci à la librairie K'DO by Georgy.

Merci à Hélène, une rencontre par hasard à Rome, et hop ! tu lisais mon livre. J'ai été agréablement surprise par ton retour élogieux et nos points communs. Le début d'une belle amitié ! Merci aussi à ta maman d'avoir lu mon premier tome.

Merci à Marilène Pujol pour avoir été ma première correctrice et relectrice. *You rock*, ma belle. Ne change jamais. Ce tome 2 n'aurait jamais été le même sans toi et tes petits commentaires qui déchirent. Je n'aurais pas assez de mots pour te dire ce que ton soutien représente pour moi.

Merci à Laureline Stone pour tes ondes positives et ta bonne humeur lors de mes premiers retours livresques.

Merci V. Hector et à Val Logia pour votre accueil génial.

Merci à toutes les chroniqueuses pour leurs superbes chroniques qui donnent un énorme coup de boost.

Un grand merci aux Éditions So Romance de m'avoir donné ma chance pour mon premier roman. Merci au comité de lectrices, au graphiste pour son travail au top sur la couv', à Emiline et à Noémi pour leur patience.

Enfin, merci à vous qui avez lu le premier tome de l'histoire de Stones, Jax et Dan. Je dédie ce livre à toutes les femmes qui ont peur de prendre trop de place, que ce soit avec leur corps ou leur personnalité. Parce qu'il n'y a rien de meilleur qu'être soi-même !

Un dernier merci au groupe Biffy Clyro, Volbeat et tant d'autres groupes géniaux pour avoir été la bande-son de l'écriture de *Curves Rock*.

Vous avez aimé votre lecture ?
Découvrez les autres romans des éditions So Romance
disponibles en format papier et numérique.

Le ballet des libellules

Ellie est aussi belle que têtue. Malgré sa jeunesse, elle cache une grande maturité. En âge de se marier, elle n'aspire qu'à épouser l'amour de sa vie, comme l'ont fait ses parents. Faut-il encore le trouver... Tous les garçons de son âge lui paraissent fades et immatures. En visite chez sa famille française, elle fait la rencontre du cousin de sa mère. Un homme d'âge mûr, don Juan et terriblement charmeur. Alors que leurs proches réprouvent leur potentielle union, ils ne semblent pas pouvoir se tenir éloignés l'un de l'autre très longtemps. Mais Paul étant réputé pour être un coureur du jupons, Ellie craint de n'être qu'une conquête parmi d'autres...

Chemins croisés
Tome 2 : 18 ans

Sa première année de fac touche déjà à sa fin, et les examens arrivent à grand pas. Cat pensait son histoire avec Alex oubliée, jusqu'à ce qu'elle croise le regard du jeune homme, ravivant tous les souvenirs et sentiments qu'elle avait tenté d'enfouir au fond d'elle. Alors que celui-ci semble filer le parfait amour avec Carrie, un rapprochement inattendu décide Cat à lui montrer qu'il compte toujours à ses yeux. Meurtri entre ses sentiments profonds et son désir de protéger Cat de lui-même, le cœur d'Alex balance entre raison et passion.

Sous un ciel égyptien
Tome 3 : L'ombre d'Anubis

Alors que Noë se tâtait de se rendre à une soirée, il y fait la connaissance de Neferti, une femme aussi envoûtante que troublante. Leur rencontre prend aussitôt fin lorsque Noë reprend l'avion. Trois ans plus tard, il est envoyé au Caire pour enquêter sur un vol. Noë, en tant que scientifique, ne croit pas au hasard ni aux divinités. Pourtant, le destin semble avoir remis sur son chemin cette femme qui le hante depuis trois ans, chargée de la même enquête que lui. Alors qu'il aimerait saisir cette chance pour lui déclarer ce qu'il ressent pour elle, l'enquête du vol n'avance pas et ses cauchemars d'enfance reprennent.

Frissons nocturnes
Tome 4 : Nouveaux soupirs...

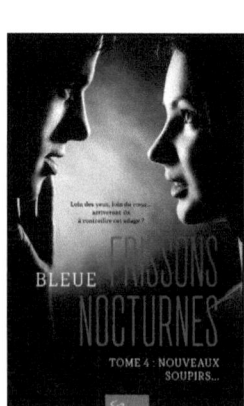

Après un été hors du temps en Ardèche, Myrtille et Austin doivent se quitter pour rentrer chacun chez soi, dans deux pays différents, et affronter la réalité du quotidien. Entre leurs cours et la musique, ils parviennent à trouver un peu de temps pour leurs rendez-vous sur Skype. Leur projet d'enregistrer une chanson ensemble permet de les faire tenir jusqu'à ce qu'ils puissent enfin se revoir. Myrtille est d'autant plus impatiente car cette fois-ci, Austin et elle oseront lire les passages censurés des Frissons nocturnes et exploreront davantage le corps de l'autre...

Pour en savoir plus

www.soromance.com

© Éditions So Romance, 2021 pour la présente édition

Éditions So Romance
10/8, rue Jules Cockx
1160, Bruxelles
www.soromance.com

ISBN : 9782390452874
D/2021/14.771/35

Maquette de couverture : Philippe Dieu
Photo : © staras / Shutterstock ; Prostock-studio / Shutterstock